온유야 아빠야

예수님을 움직인 정직한 중보기도

장종택 지음

이 책은 2015년 11월 30일 출간된 「온유야, 아빠야」(도서출판 예수전도단)과 같은 내용이며 에필로그를 추가하였음을 밝힙니다

차례

추천사

갑작스러운 어린 딸 온유의 무의식 상태 소식을 접하고 CTS 기독교TV 『7000 미라클』 제작팀은 병원으로 급파되었다. 의식을 잃은 채로 여러 의료 장비를 달고 조용히 누워 있는 온유는 뽀얀 얼굴에 너무나 예쁘게 생긴 아이였다. 부모가 얼마나 놀라고 당황했을까, 충분히 짐작할 수 있었다. 죽음의 문턱에서 헤매고 있는 온유의 상황을 취재하여 영상에 담아 온 제작팀은 숨 가쁘게 편집하여 『7000 미라클』 프로그램에 내보내기 위해 준비했다. CTS TV 시청자들에게 긴급한 기도를 요청하기 위해 급하게 움직였다. 찬양사역자인 온유 아빠 장종택 전도사님을 초청해 신은경 교수님과 내가 함께 진행하는 이 방송에 소개했다. 안타까운 온유의 이야기가 방송으로 나가자 국내외 많은 시청자의 간절한 눈물의 기도가 급하게 일어났다. 한시가 급한 상황이기도 했다.

2015년 1월에 시작된 온유의 사건은 고난주간까지 계속되었다. 한국은 말할 것도 없고 전 세계에서 끊임없는 기도의 불길이 타올랐다. 그런 가운데 부활주일이 되기 전 온유 아빠로부터 메시지가 왔다. 온유의 모습을 담은 동영상이었다. 놀라운 기적의 순간이 담겨 있었다. 온유가 스스로 두 손을 모으고 "예수님, 예수님" 두 번을 분명하게 부르짖는 소리를 들었다. 온유가 드디어 그 오랜 사투를 마치고 깨어난 것이다. 기도의 응답이었다.

우리는 아빠 장종택 전도사를 다시 프로그램에 초청했다. 그 장면을 기도해 주신 CTS 가족들에게 보여 주었다. 모두 하나님을 찬양하며 기뻐했다. 그 이후 또 다른 기적의 소식이 들려왔다. 온유가 일어나 걸으며 곧 있으면 퇴원을 한다는 것이다. CTS 제작진은 또 출동했다. 온유가 병원을 걸어서 나오는 장면을 포착했다. 장종택 아빠를 우리 프로그램에 세 번째로 초청해서 온유가 회복된 모습을 보여 주며 간증을 나눴다. 시청자들은 모두 함께 기뻐하며 하나님께 감사드렸다. 그리고 완쾌를 위해 기도했다. 아빠는 숨 막혔던 그 모든 과정을 일기처럼 기록했다. 이 책이 바로 그 내용이다. 우리 모두의 관심과 기도를 담은 이 책을 추천하지 않을 수 없다. 온유는 이 시대에 많은 아픔을 가지고 사는 우리들의 아이가 되었다. 우리에게 소망을 주는 아이이며 우리에게 기도의 능력을 알려 준 딸이다.

_ **김상복** 목사 / CTS 기독교TV 『7000 미라클』 진행

장종택 전도사님을 알게 된 것은 어느 지인의 SNS를 통해서다. 어린 딸 온유가 감당하기 어려운 병으로 몹시 아프다는 것과 '정직한 기도'를 요청한다는 글이었다.

장 전도사님과는 일면식도 없는 사이였지만, 사역자의 아이가 아프다고 하니 마음이 쓰여 간절히 기도했다. 며칠 계속 신경이 쓰이고 온유의 상태가 궁금해 전도사님의 페이스북을 기웃거리며 계속 기도하던 차였다. 문득 온유 아버님이 절박한 상황에서 굳이 딱 꼬집어 '정직한 기도'를 부탁한 이유가 궁금했고 기도의 부담이 생겼다.

'정직'이라는 단어도 찾아보고 '정직한 기도'에 대해 묵상도 해보았다. 하나님의 자녀로 살면서 그간 "기도할게"라는 말을 수도 없이 한 것 같다. 실제로 기도한 적도 많지만, 말만 해놓고 약속을 지키지 못한 적도 있고, 인사말처럼 흘리기만 한 적도 있다. 기도하겠다는 약속을 때로 "밥 한 번 먹자"는 말과 동일하게 취급한 것 같아 부끄러운 마음이 한없이 밀려왔다.

이런 의미로 정직한 기도를 부탁하셨을까?

나름의 분석이 끝난 뒤 남을 위해 기도해 주는 것에 대해 이전과는 다른 책임감을 느꼈고, 거룩한 부담을 가지고 기도하기 시작했다. 먼저 회개기도로 나를 정결케 하고 온유의 회복을 위해 믿음으로 기도했다. 내가 보고 느낀 그대로를 주님께 아뢰고 소망을 품고 기도했다. 아직도 이것이 정직한 기도인지는 모르겠지만 장 전도사님 덕분에 기도의 기쁨을 다시 찾는 계기가 되었다.

즉각적인 응답은커녕 더 악화되는 것 같던 온유에게 기적이 일어나기 시작했다. 드라마와 같이 믿기 어려운 일들이 생겨났고 많은 사람과 매체가 이 사건을 주목했다. 그렇게 전 세계의 기도자들이 살아계신 하나님께 찬양하고 감격해 있을 무렵이다. 사랑하는 내 아버지가 암 진단을 받으셨다. 연세도 많으신데 흔한 이름의 암도 아니어서 마음이 많이 아팠다. 곧바로 가까운 지인들에게 기도부탁을 했다. 내 가족의 일처럼 간절히 기도해 주실 분이 절실했다. 온유 아버지가 요청하신 정직한 기도가 무엇인지 절로 깨달아졌다.

마침 장 전도사님과도 문자를 주고받는 사이가 되어 아버지의 수술과 회복을 위해 전도사님께 기도를 부탁했다. 장 전도사님은 메시지를 통해 수시로 위로해 주시고 정직하고 신실하게 기도해 주셨다. 메시지 중에 가장 위로가 된 글을 소개한다.

"아침에 정직하게 기도합니다. 제가 지난 2월 가장 혹독한 상황 속에서 고백한 내용입니다. 힘내세요. '온유가 입원한 이후로 쉬운 날이 한 날도 없다. 하지만 낙심한 날도 한 날도 없다. 수많은 시간 울부짖었다. 들어주실 분이 있기에…. 낙심은 혼자라고 느낄 때 온다.' 아버님도 원희 자매님도 절대 혼자가 아니랍니다."

그러고 보니 장 전도사님은 온유가 사투를 벌이고 있을 때 한시도 낙심하는 기색이 없었다. 오직 일을 행하실 주님만을 의지하며 믿음으로 나아가는 결연함이 느껴질 뿐이었다. 주님께 속하지 않은 것들에 대해 한 치의 양보도 허락하지 않는 담대한 믿음이 나에게 큰 도전이 되었다. 장 전도사님은 환자와 가족에게 낙심이 가장 큰 시험이란 것을 알기에 나에게 귀한 지혜를 나누어 주셨고 덕분에 아버지는 수술을 받은 뒤 순조롭게 회복되셨다.

시간이 흘러 온유가 건강을 되찾아 가는 모습과 소소한 일상에도 크게 감사하고 주님을 찬양하며 기도하고 예배하는 한결같은 전도사님의 모습을 SNS를 통해 접했다. 그리고 어느 때부터인지 장 전도사님을 내 신앙생활의 좋은 표본으로 삼고 있다. 환경에 일희일비하지 않고 늘 함께하시는 주님의 힘으로 살아가는 멋진 하나님의 아들, 장종택 전도사님은 주님이 참으로 예뻐하실 만하다. 내가 봐도 너무 예쁘시다.

오랜 신앙인으로 살아온 나는 기도에 익숙하다고 자부했지만, 온유와 장 전도사님을 통해 주님은 다시금 나를 깨우셨다. 그저 감사할 뿐이다. 또 감사한 일은 온유의 투병과 장 전도사님의 믿음의 사투를 담은 책이 출간된 소식이다. 살아계신 하나님을 경험하지 못한 분들과 내 방식의 신앙생활에만 익숙한 분, 기도 응답의 기쁨을 만끽해 보지 못한 분, 기도자로서 가슴 뜨거운 분들과 이 책을 나누고 싶다.

_ 방송인 **김원희** / SBS <자기야-백년손님>, <언니한텐 말해도 돼> 진행

10년 전 매우 천진난만한 미소를 가진 한 찬양사역자를 만났습니다. 강산도 변한다고 하는 긴 시간 동안 우리는 그가 지은 찬양 곡을 함께 부르며 행복해했습니다. 그 찬양은 세상에서 때 묻고 지친 인생들이 다시 하늘 보좌를 바라보게 하는 통로의 역할을 충분히 해주었습니다. 그리고 저는 그의 한결같은 하나님에 대한 사랑과 진실한 신앙을 갈망하는 모습에 반해서 늘 그를 신뢰하고 있었습니다.

그런데 2015년은 그에게 혹독한 고난의 해가 되었습니다. 유학을 마치고 귀국하여 얻은 사랑하는 딸 온유가 희귀병을 앓으며 그를 절망의 깊은 밑바닥으로 내동댕이쳤기 때문입니다. 너무나도 고통스러운 치료 과정에서 소생할 수 있을까를 놓고 날마다 기도할 때 우리 주님은 그가 지은 찬양의 가사 "생명과 바꾼 주의 사랑을 잊지 않게 하소서"라는 구절로 응답해 주셨습니다. 사랑하는 딸에게 드리운 죽음의 그림자 안에서도 나를 사랑할 수 있느냐는 주님의 물으심 앞에 그는 삶으로 "그렇습니다. 주님을 사랑합니다"라고 고백했습니다.

그의 구체적인 고백이 이 책에 기록되어 있습니다. 눈물을 흘리며 써내려 간 그의 글은, 가슴이 찢기는 고통과 절망 중에서 하나님의 사랑을 찾으며 구하는 분들에게 소중한 길잡이 역할을 해줄 것입니다. 어두운 절망 중에 소망을 얻고자 하는 은혜를 사모하는 분들께 이 책을 기쁜 마음으로 추천합니다.

_ **김정현** 목사 / 동두천 동성교회 담임목사

그날 나는 운전을 하며 라디오를 듣고 있었다. 방송 진행자가 예정에 없는 다급한 멘트를 한다. 어린 여자 아이가 원인을 알 수 없는 증상으로 사경을 헤매고 있으니 기도해 달라는 내용이다. 그 아이의 아버지는 찬양사역자인 전도사님이라고.

온유.

9가지 성령의 열매중 하나인데, 그 아이의 이름이 온유다. 얼마나 다급하면 진행자에게 부탁을 했을까 싶었다. 운전을 하며 얼굴도 알지 못하는 그 어린 아이 온유를 위해 짧게 기도했다.

며칠 뒤 내가 진행하는 CTS TV <7000 미라클> 녹화 날의 출연자가 바로 그 아이의 아버지 장종택 전도사였다. 녹화 당일도 온유는 여전히 사경을 헤매며 중환자실에 있을 때다.

아픈 딸을 병원에 두고 기도해 달라고 간청하러 방송에 나온 아빠에게 우리는 어떤 질문도, 위로의 말도 하기 어려웠다. 그저 미안한 마음뿐이었다. 그만큼 그 아빠의 표정은 처절했고 깊은 슬픔 한가운데 있었다. 그러한 다급한 상황을 CTS 가족들에게 전하고 함께 간절히 기도했다. 기쁜 소식이 생기면 다시 출연해 달라는 당부의 말과 함께.

이후 장 전도사님은 계속 문자와 카톡으로 온유의 상태를 알려 왔다. 새벽기도마다 온유의 기도를 빠트릴 수 없었다. 어두움 가운데 헤매는 딸을 위해 절절한 기도를 부탁하는 아버지의 마음을 생각해 기도에 동참하지 않을 수 없었다.

그런데 놀라운 소식이 들어왔다. 온유가 깨어났다는 것이다. 그 첫 소리가 "예수님"이라는 아이의 기도였고 이후 의식을 차린 온유는 일어나 앉아 성경을 펴들고 마태복음을 한 자 한 자 짚어 가며 읽고 있더라는 것이다. 할렐루야!

기적이었다.

이어 장 전도사님은 온유의 기적 같은 쾌유 소식을 전하러 다시 방송에 나와 주었고, 우리는 모두 하나님이 하신 이 일에 기뻐하며 감사드렸다. 지금도 이해할 수 없고 아마 앞으로도 이해 할 수 없는 사실은, 신실한 믿음의 자녀가 왜 이렇게 심각한 고난을 겪어야만 하는가이다. 그러나 한 가지 분명한 사실은 자신의 목숨과도 같은 사랑하는 딸을 위해 처절하게 가슴을 찢으며 기도하고 울부짖은 아버지의 마음을 우리에게 알려 주신 점이다. 하나님이 천하보다 귀한 우리 한 사람 한 사람을 이렇게 사랑하고 계신다는 것을 가르쳐 주신 게 아닌가 싶다.

찬양 사역자로 전국을 누비고 다니는 장 전도사님이 이제 이 땅의 청년들을 바라보며 어떤 마음을 품을까 생각해 보았다. 아니, 어떤 사랑의 마음을 꺼내 놓을까 생각해 보았다. 온유를 위해 울부짖던 그 목소리로 이 땅의 청년들을 위해 울부짖고 그들을 위해 신실하게 기도하는 정직한 예배자로 굳건히 서게 될 것이 아닌가 하는 확신이 들었다.

여기 사랑하는 딸 온유를 위해 목숨을 다하여 정직한 기도를 드린 장종택 전도사님이 어두운 터널의 긴 시간을 헤쳐 온 이야기를 기록으로 남긴다. 그 간절한 기도를 통해 우리는 승리하는 삶의 메시지를 배울 것이다. 그리고 우리를 향한 하나님의 사랑을 절절하게 느끼게 해주는 귀한 여정에 동참하여 큰 은혜를 누릴 것이다. 딸을 통해 얻은 그 깊은 사랑을 이 땅의 젊은이들에게 나누어 주며 나아갈 장 전도사님의 새로운 사역을 기대한다.

_ **신은경** 교수 / 차의과학대학교 교수, 전 KBS 9시뉴스 앵커

제 주위에는 저마다 주님이 주신 달란트를 통해 주님의 영광과 복음을 위해 살아가는 분들이 계십니다. 그분들을 보면 참으로 존경스러운 마음이 듭니다. 그 중 한 사람이 바로 이 책의 저자 장종택 전도사님입니다.

사실 온유가 아픈 일이 일어나기 전까지는 장종택 전도사님의 예배 사역에 대해 소문만 듣고 "귀한 후배님이 계시는구나!" 하는 정도였고 전도사님과 깊이 교제를 나눈 경험은 없었습니다. 온유의 절박한 상황을 듣고 기도하면서 그가 얼마나 하나님을 깊이 사랑하고 그 사랑을 주위에 나누는지 알게 되었습니다.

온유가 사경을 헤맬 때 저의 마음에 주님이 찾아와 주셨습니다. 그분이 단순한 기도가 아닌 전심으로 기도를 시키셨기에 많은 분께 제가 당한 일처럼 기도를 부탁드렸습니다. 온유를 살리신 하나님은 바로 장 전도사님의 정직한 예배를 보셨다고 생각합니다.

온유가 사경을 헤매는데도 집회를 취소하지 않고 사역에 임하는 모습은 말 그대로 정직한 예배자만이 할 수 있는 결단입니다. 저도 지난 36년 사역의 길을 걸어오며 사람의 힘으로는 어려운 결단을 하고 약속을 지키며 사역에 임한 시절이 있었기에 장 전도사님의 결연한 모습을 사랑하고 기도할 수밖에 없었습니다. 하나님의 사람, 정직한 예배자 장 전도사님의 고백을 통해 찬양이 가득한 세상을 함께 만들어 가기를 기도합니다.

_ **전용대** 목사 / 아워드림선교회 대표, CMTV 이사

C. S. 루이스는 "고난 가운데 하나님에 대한 모든 질문이 생기며 고통은 우리를 깨우는 하나님의 확성기"라고 말한다. 장종택 찬양사역자는 "고통은 하나님의 거대한 무게를 느끼게 하는 도구이며 이를 통해 우리의 삶을 향한 하나님의 영원한 답을 듣게 된다"고 말한다.

그는 고통을 찬양과 경배로 바꾸며 눈물의 기도로 씻어 버렸다. 장종택 찬양사역자와 온유의 이야기는 우리에게 욥의 고백을 연상시켜 준다. 욥은 고통 가운데 "의인은 그 길을 꾸준히 가고 손이 깨끗한 자는 점점 힘을 얻느니라"(욥 17:9)라는 고백을 한다. 장종택 찬양사역자는 온유를 통해 경험한 고통 가운데서 좌로나 우로나 치우치지 않고 꾸준히 사역의 길을 걸으며 하나님의 위대하심을 찬양하고 경배한다. 그의 삶은 투명하고 깨끗하다. 그는 하나님을 전적으로 신뢰하며 마치 아브라함이 이삭을 하나님께 드릴 때 주저함이 없던 것처럼 어떠한 불신앙도 허용하지 않고 모든 고통을 예배와 기도의 삶으로 풀어낸다. 그의 신앙 걸음이 들려주는 메시지는 명료하다. 치유를 위한 우리의 노력이 얻는 축복은 치유 자체가 아니라 하나님께 더 가까이 나아가는 것이며, 고통 가운데서도 점점 힘을 얻는다는 신앙적 표징이다.

이 책의 고백들로 우리는 병마와 싸우며 병실 침대에 누워 있는 연약한 온유를 통해서 하나님은 여전히 위대한 일을 행하시고 세상을 바꾸신다는 사실을 새삼 깨닫게 될 것이다. 온유를 통해 하나님은 우리에게 정직한 기도를 가르치셨다. 하나님과 씨름하지 않고 세상과 적당히 타협한 값싼 영성으로 남을 위해 기도했던 모습을 돌아보게 한다. 그리고 의인의 기도가 갖춘 능력을 믿지 않고 의무적이고 피상적이며 습관적으로 했던 기도의 손을 잘라 버리라는 경고를 듣게 된다. 특히 병마와의 싸움에서 승리하고 감격의 울음과 함께 온유가 외친 첫 외침이 "예수님"이란 사실은 우리에게 예수 그리스도가 여전히 치유자이시고 그분 안에 참된 회복이 있음을 강력하게 선포해 준다.

이 책은 하나님의 거대한 무게와 숨결을 느끼고 싶은 자, 다시금 가슴 뜨거운 열정으로 회복을 경험하고 싶은 자, 하나님의 흔드심으로 새롭게 거듭남이 필요한 자, 예수 그리스도가 만드신 치유자의 공동체를 꿈꾸며 정직한 기도가 필요한 모든 신앙인에게 명확한 해답을 건네줄 것이다.

_ **한상민** 교수 / 한영신학대학교 조직신학 교수

장종택 전도사님과의 첫 만남은 CTS 라디오 <번개탄> 방송이었습니다.

처음 만난 사이인데 왠지 모르게 순식간에 친해졌고 만남을 이어가면서 복음 안에서 참 가까운 가족이요 동지가 되었습니다. 그때쯤에 아이 온유가 아파 급히 병원에 갔으며 온유를 위해 정직한 기도를 부탁한다는 문자를 받았습니다.

의례적으로 "기도할게요!" 말했습니다. 실제로는 '작은 아픔일 테고 곧 완쾌되겠지'라는 가벼운 마음이었는데 갑자기 전도사님의 페이스북에 올라오는 글들과 저에게 보내 주신 기도제목들은 점점 상황이 위태롭다는 것이었습니다. 그때부터 장종택 전도사님이 온유를 살리기 위해 드리는

정직한 회개와 기도들이 저를 비롯한 많은 사람들의 마음을 흔들어 놓았습니다.

저는 온유의 병실에 가서 보았습니다. 온유의 부모가 딸에게 매일 음식과 약을 먹이는 일이 얼마나 힘든지, 그리고 온유의 몸에 꽂혀 있는 수많은 바늘에 이 어린아이가 얼마나 고통스러운지를요. 마음이 무거워져 집으로 돌아와 정말 정직한 기도를 절실하게 드렸습니다. 그 다음 날 온유가 의식이 깨어나 눈물 흘리며 예수님을 부르는 모습이 담긴 영상을 보자 얼마나 가슴 벅찬 기쁨을 누렸는지 모른답니다! 정말 기적적으로 온유는 부활절 주간에 퇴원했습니다.

이 책을 보시는 분들은 온유가 아파 처음 병원에 간 날부터 기적적으로 퇴원한 날까지의 온유의 병상일기가 아닌, 한 아빠이자 사역자가 몸부림치며 만나는 하나님을 알게 될 것입니다. 또한 그 아빠의 믿음의 친구들이 함께 가슴 찔리며 '정직'이라는 단어가 주는 무게감으로 자신의 죄된 습성과 얼마나 절실하게 싸워야 했는지를 알게 될 것입니다. 몸이 아파 병원에 입원한 사람은 온유였지만 결국 영혼의 아픔과 죄로부터 치료받은 사람은 우리들이고 이 책을 읽는 여러분 자신임을 알게 될 것입니다. 지금 이 글을 쓸 수 있게 하신 주님께 감사드리고 이후로 온유와 가족들 그리고 장종택 전도사님을 통해 일하실 주님을 기대합니다. 이 책을 통해 변화될 정직한 열매들을 기대하며 사랑의 마음을 담아 추천합니다.

_ **임우현** 목사 / 번개탄TV선교회 대표

프롤로그

_엄마의 글

지난겨울 꼭 이맘때쯤 온유는 초등학교 입학을 앞두고 많이 들떠 있었습니다. 부모의 친밀한 울타리 안에서 보낸 유치원 생활을 마치고 학교라는 작은 사회로의 첫걸음을 내딛기 전 새로운 세계를 상상하며 지낸 행복한 시간이었지요.

아기 예수님의 생일을 보내고, 2014년 마지막 날을 보내고, 2015년 새해를 맞이했습니다. 1월 9일, 언니 이슬이의 생일을 맞아 온유가 한 말을 기억합니다.

"엄마, 오늘 정말 좋다. 매일매일 오늘처럼 행복했으면 좋겠어." 온유가 그렇게 말한 날의 저녁이었습니다. 머리가 깨질 듯 아프다는 온유의 목소리는 엄청난 고통의 터널 앞에서의 마지막 말이었습니다. 집에서 가까운 병원의 의사는 감기로 진단하고 열을 떨어트리는 치료를 해주었습니다. 저는 말을 못하는 온유를 데리고 퇴원했습니다. 그때는 온유가 목이 많이 아파서 말을 안 하는 줄 알았습니다.

그날 저녁 12시가 넘어 온유는 경련을 일으켰습니다.

의식 없이 떨고 있는 온유를 안고 동생 세빛이 손을 잡고는 급히 대학병원 응급실로 들어갔습니다.

그날부터 단 한 번도 생각하지 못 했고 상상할 수도 없고 들어본 적도 없는, 내가 알지 못하는 시간 속으로 들어갔습니다. 너무 무섭고 두려웠습니다.

힘들다는 사실을 느낄 수조차 없는 벼랑 끝에 섰지만, 내가 선 곳이 벼랑 끝이라는 것을 생각할 틈도 없이 기도하고 견디며 희망을 구했습니다. 온유가 중환자실로 들어가던 날 밤 시편 46편의 말씀이 마음을 울렸습니다.

너희는 가만히 있어 내가 하나님 됨을 알지어다 (시 46:10)

이 말씀을 의지하여 기도했습니다.

"하나님, 제게 은혜를 베푸소서. 제게 은혜를 베푸소서.

제 영혼이 주께로 피합니다. 주의 날개 그늘 아래서 이 고통이 지나가기까지 피합니다" 하며 납작 엎드려 고개를 들지 못하고 하루하루 순간순간마다 기도했습니다.

길고 긴 석 달이란 시간을 의식 없이 발작하는 아이를 간호하며 기다려야 했습니다. 회복이 더딘 온유를 보며 힘들었던 시간에 온유를 위해 기도해 주시는 많은 교회와 하나님의 사람들을 보았습니다. 제 마음이 흔들려 주저앉으려 할 때 제게 기도의 천사들을 보내 주셔서 일하시는 하나님을 보았습니다.

그렇게 석 달이란 시간이 흐르자 온유가 극적으로 의식을 찾고 말을 하고 다시 걷게 되었습니다. 그 감사는 세상에 존재하는 그 어떤 말로도 글로도 표현할 수가 없습니다.

우리 온유의 회복을 이끄신 하나님께 감사드리는 세 가지가 있습니다. 그 힘든 시간을 불평하지 않고 더 많이 감사할 수 있는 마음을 주신 하나님의 은혜에 감사드립니다. 많은 기도자를 세우셔서 하나님의 일하심을 보게 해주신 은혜에 감사드립니다. 그리고 우리를 위해 십자가에 돌아가시고 거기서 끝이 아니라 부활하시어 온유가 힘든 시간마다 함께해 주시고 지금도 우리와 함께하시는 예수님의 은혜에 감사드립니다.

잠시 눈을 감고 생각해 봅니다. 온유를 위해 기도해 주신 많은 분들이 없었다면, 그 힘든 시간에 어떤 모습으로 견뎠을까? 하나님의 계획 안에 이렇게 기도로 하나가 된 것에 감사할 따름입니다.

온유의 생명을 살려 주신 기도에 빚진 심정으로 제 인생의 시간은 사랑을 베풀고 선대하는 것으로 채워 갈 것입니다.

감사합니다.

2015년 11월 17일

온유 엄마 강화령

BIO

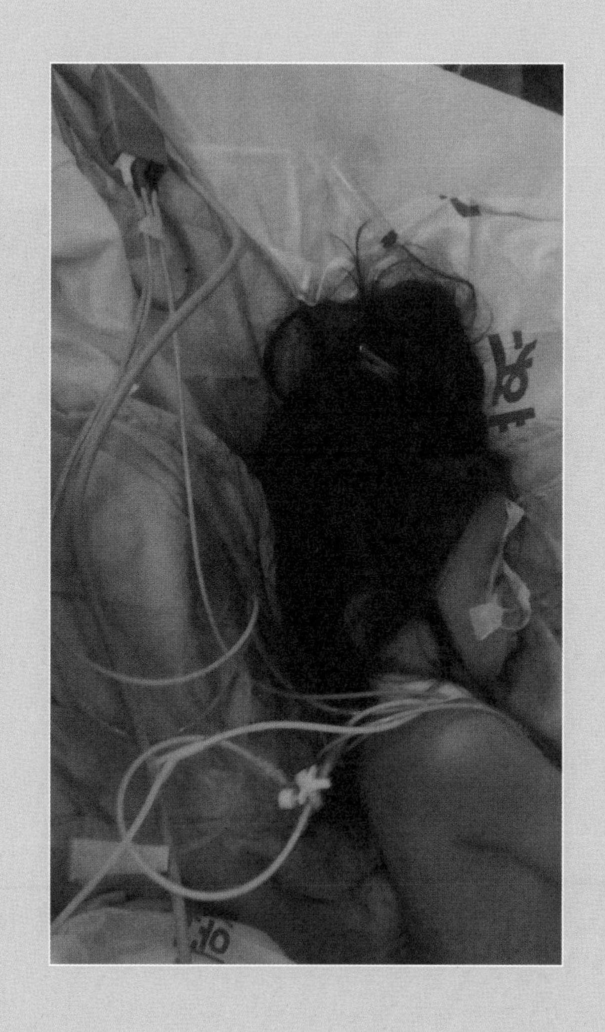

1월

아내의 목소리가
흔들렸다

2015년 1월 19일 밤 10:23

이틀간의 집회차 경주에 내려왔다.

첫째 날 저녁 집회를 마치고 숙소로 돌아오니 아내에게서 전화가 왔다. 둘째 딸 온유(8세)에 관한 이야기를 하는데 목소리가 많이 흔들렸다. 온유는 지난주에 고열이 나고 음식을 섭취하지 못하여 모 대학병원에 5일 동안 입원했다가 어제 퇴원해서 집에 돌아와 있었다. 그런데 지금 아내가 설명하는 온유의 증세는 상상도 할 수 없는 난감한 내용들이다. 아내는 온유가 평소와 많이 다르고 정신적인 문제가 있는 것 같다고 한다. 멍하니 앉아 있다가 아내가 얼굴을 맞대고 이야기를 시켜 보면, 정신 나간 아이처럼 한 번씩 소름끼치게 웃는다는 것이다.

오늘 유치원을 보냈는데 선생님 말로는 하루 종일 말을 한마디도 하지 않았고, 평소 친구들에게 인기가 많은 온유가 친구들과 전혀 어울리지 않은데다 자신의 신발도 찾지 못하더라는 것이다.

"도대체 이게 무슨 일인가?"

일단 아내와 집회 마치고 내일 서울로 올라가기로 약속하고는 전화를 끊었다. 어제 퇴원하며 함께 들른 마트에서 길을 잃기도 했던 온유의 창백한 얼굴이 떠올랐다. 크게 개의치 않으려 했지만, 뭔가 심상치 않다는 생각이 들어 가슴이 미어졌다. 경주에서의 집회 중에 일어나고 있는 이 극도의 불안감에 더하여 가족과 함께 있어 주지 못함이 미안하고 또 미안하다.

2015년 1월 20일 밤 10:24

기도 없이는 한순간도 지낼 수 없던 하루였다.

집회 중인 캠프에 양해를 구하고 경주를 출발해 서울 안암동 고려대학 병원에 도착했다. 소아병동으로 황급히 올라가니 온유는 치료실에 있었다. 온유가 누워 있는 침대를 둘러싼 의사와 간호사들 틈 사이를 "온유 아버지에요"라고 말하면서 비집고 들어갔다.

의식을 잃고 축 늘어져 있는 온유가 보였다. 몸 곳곳에 바늘이 꽂혀 참혹하게 누워만 있는 딸과 울고 있는 아내를 보니 다리에 힘이 빠지면서 털썩 주저앉고 말았다. 그리고 '하나님이 오늘 온유를 데리고 가시려나 보다'라는 생각이 들어 격한 감정에 울음이 터졌다.

"도대체 이게 무슨 일인가? 이게 무슨 날벼락인가? 어찌해야 하나? 온유야, 우리 딸 온유야"라는 울부짖음이 터지는 입을 틀어막고 어찌할 바 몰라 침대 손잡이를 잡고 간신히 버텼다.

"약 8분간의 긴 경련을 일으키고 온유가 쓰러졌어요"라는 아내의 말과 담당 의사처럼 보이는 두 분에게서 "무슨 병인지 모르겠어요. 아마도 뇌에 바이러스가 침투하여 문제가 생긴 것 같은데…"라는 말을 듣고 내 정신은 혼미해졌다. 아무것도 생각나지 않았다.

그러다 '사람의 힘으로 온유를 살릴 수 있는 방법은 없겠구나! 주님만이 온유를 살릴 수 있으니 그분이 움직이시게끔 기도를 해야겠다'는 판단이 들었다.

주님을 움직이게 하는 기도!

바로 그때 내 의식을 스치는 말씀이 있었다.

내가 나의 마음에 죄악을 품었더라면 주께서 듣지 아니하시리라(시 66:18)

온유를 살리려면 하나님이 일하셔야 하고, 하나님이 일하시려면 내 기도를 들으셔야 하며, 그분이 들으시는 기도는 죄악을 토설하는 회개기도가 선행되어야 함을 추론하면서 회개하기 시작했다. 딸을 살리려면 기도하는 내가 먼저 죄악으로부터 기어 나와야 한다. 어제까지만 해도 나의 집회 메시지는 불법 다운로드 하지 않기, 야동 보지 않기, 혼전순결 지키기, 탈세와 부정 저지르지 않기, 세상일에 바빠 주님께 게을러지지 않기 등이었다. 내가 강조한 주제는 "순결함으로, 정직함으로 돌아가자"였고 나름대로 순결하게 정직하게 살려고 발버둥치고 있다고 생각했다. 회개의 샘이 터지니 내 안에 숨어 있던 수많은 죄악(나는 잊고 있었지만 주님은 잊지 않으신)이 쏟아져 나왔다. 나의 더럽고 추한 본연의 모습을 보게 되었다.

이런 나 자신의 모습에서 '사람은 자신에게도, 하나님께도 진짜 정직해지는 것이 얼마나 어려운 것인지' 그리고 '사람은 죽음 앞에 가서야 비로소 정직해진다'는 사실을 깨달았다. 딸이 죽어가는 광경 앞에서야 깨달은 것이다.

우리가 오랫동안 절박하게 기도했음에도 불구하고 응답을 받지 못할 때 자주 사용하는 말이 있다.

"하나님의 때(time)가 아니겠지요"라는 말.

그래, 맞는 말이다.

하나님의 때, 하나님의 시간인 카이로스가 아니어서 응답을 받지 못한 것도 맞겠지만, 내가 오늘 발견한 것은 우리가 여전히 죄악을 사랑하면서 기도하기에, 죄악에서 돌아서지 않고 기도하기에, 하나님이 응답하고 싶으셔도 못한다는 것이다.

자신은 여전히 거짓말하고 탈세를 비롯한 불법을 저지르면서도 사업이 잘되길 바라며 기도한다면 "우리가 우리 마음에 죄악을 품었더라면 주께서 듣지 아니하신다"고 말씀하신 하나님이 응답하시겠는가? 죽음의 그늘에 들어간 온유가 내게 기도하는 태도를 가르쳐 주었다. 주께서 이미 오래전에 가르쳐 주신 기도를 하지 않으니 오늘에서야 온유를 통해 기도하는 방법을 다시 알려 주신 것이다.

기도를 마치고 정신을 차리니 박종현 전도사님과 온유 유치원 원장님, 담임인 황성자 선생님 그리고 다른 여러 선생님들, 교회학교 박정원 전도사님과 이아령 전도사님이 보인다. 다들 온유의 위독한 소식을 듣고 급히 병원으로 오신 것이다. 그분들을 보니 감사한 감정이 복받쳐 다시 눈물이 난다.

2015년 1월 20일 밤 11:39

야심한 밤, 실례를 무릅쓰고 동역자들에게 문자를 보냈다.

"우리 온유가 위독합니다. 주님께서 데려가실 것 같으니 제발 기도 부탁드립니다."

짧은 문자 한 자 한 자 적어갈 때마다 떨어지는 눈물방울을 그대로 담아 보냈다.

2015년 1월 21일 자정 12:04

"온유는 뇌에 염증이나 바이러스가 침투해서 경련도 일으키고 의식도 사라진 것 같습니다."

담당 의사선생님에게 잠정적 원인을 들었다.

그런 온유가 눈을 떴다. 허공을 보는 온유의 동공에 초점을 맞추려고 애썼지만 나를 못 알아본다. 너무나 당혹스럽고 혼란스러워 머릿속이 하얗게 됐다.

온유는 뇌파검사를 끝내고 소아 전용 MRI를 1시간 넘게 찍었다. 그리고 조금 전 중환자실로 들어갔다. 현재는 치료 방법이 없다고 한다. 중환자실도 온유가 호흡곤란을 일으키거나 경련을 일으킬 때 도와주는 역할밖에 못한다고 알려 주었다. 살아날 수 있는 방법은 온유 자신이 힘내어 이겨 내는 방법밖에 없단다.

그런데 참 희한하다. 세상 사람들은 병원에서 살릴 방법이 없다고 결론지으면 절망과 포기라는 극한 상황에 내몰려 어찌할 바 몰라 하겠지만, 아내와 나는 '이제 하나님이 일하시겠구나!'라는 생각으로 오히려 마음이 놓였다.

"사람이 이 병에 대해 뭔가 할 수 있을 거라는 가능성을 조금이라도 가졌다가 온유가 깨어나면 분명 그 사람에게 공로가 돌아갈 테니, 하나님은 당신의 영광을 드러내 받으시려고 방법이 없게 하신 거다"는 믿음이 우리 마음에 쑤욱 들어왔다.

신앙의 신비가 이런 것이 아닐까 싶다.

아내와 나는 서로를 위로하며 컵라면으로 하루를 마감했다. 그리고 아내는 중환자실에 들어갈 수는 없지만 온유 곁을 지키고자 병원 의자에서 잠을 자겠다고 하여, 일단 내가 집에 잠시 다녀오기로 했다. 길고 긴 하루를 마치고 이제 집으로 간다.

하나님이 내일을 소망하는 하루를 주셨음에 새삼스러운 감사를 올려 드린다.

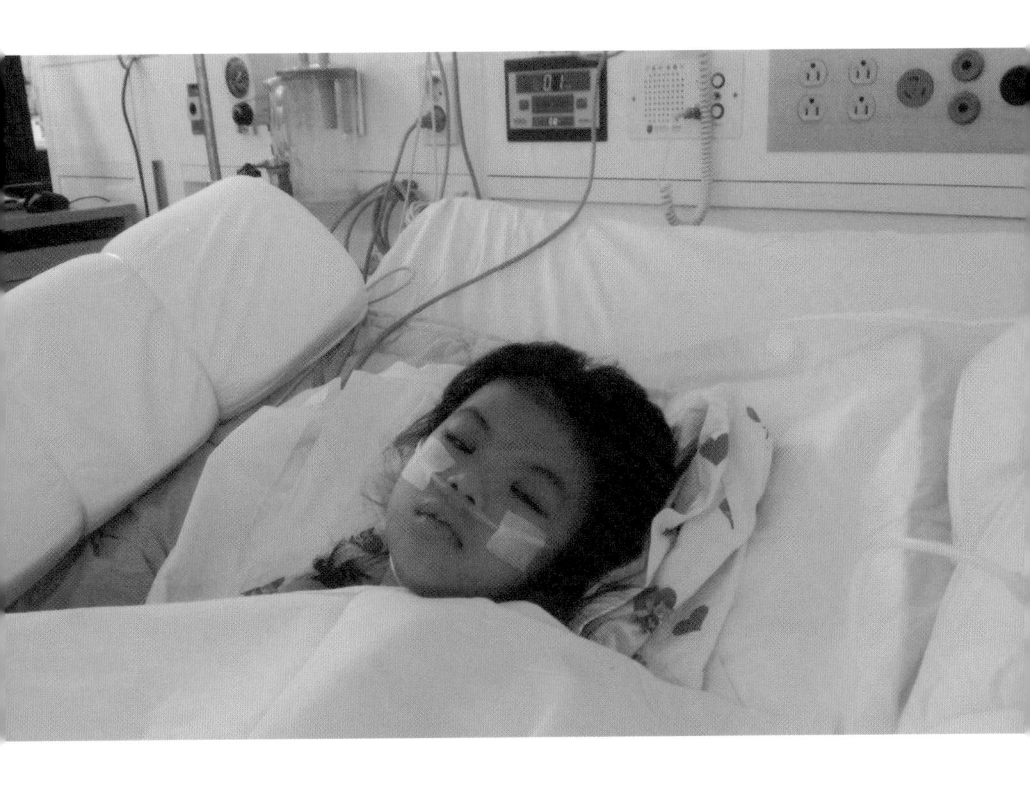

2015년 1월 21일 새벽 2:17

집으로 돌아와 갈아입을 옷가지와 침낭 그리고 필요한 것들을 가방에 넣었다. 그러다 베란다에 덩그러니 놓여 있는 온유의 자전거를 보았다. 주인 없는 쓸쓸한 자전거 앞으로 가 털썩 주저앉고는 꺼이꺼이 통곡했다.

온유가 자전거 타며 놀기를 그렇게 원했는데 바쁘다는 핑계로 차일피일 미루었던 나 자신이 너무나 미웠다. 드문드문 함께 밖에 나갔을 때에도 "언제 들어갈래? 날씨가 춥지 않니"라고 온유를 설득하는 데 바빴던 나 자신이 너무너무 바보 같아 "네가 이러고도 아빠냐?"라며 쿵쿵 소리가 날 정도로 머리를 벽에 박으며 자책했다.

"이럴 줄 알았다면 그리하지 않았을 텐데…."

후회가 파도처럼 나를 덮쳤다.

가슴을 치며 목메어 울다 이를 악물고 무릎을 꿇었다.

그리고 평범한 일상으로 돌아갈 기회를 주시기를 정말 절박하게 기도했다.

"주님, 제게 기적을 베푸소서. 온유와 함께 다시 한 번 자전거를 타는 일상으로 돌아갈 수 있도록 기적을 베풀어 주소서!"

2015년 1월 21일 저녁 7:04

하나님 아버지께서 자녀인 우리를 어떻게 사랑하셨는지 이제야 안다. 온유의 건강을 잃고 나서야 안다. 눈은 뜨고 있지만 의식이 없고 아파하는 것조차 표현 못하는 내 아이를 보는 나는, 죄로 인해 죽어 있던 나를 보고 처절하게 우시는 하나님 아버지의 마음을 이제야 안다. 온유는 혈압이 너무 높아 맥박도 고르지 않고 호흡도 힘든 상태다. 마음이 무너진다.

"하나님, 저는 온전히 주님만 바라봅니다. 우리 온유, 꼭 정상으로 돌아오게 하소서."

2015년 1월 22일 새벽 2:09

중환자실에는 아무리 보호자라해도 면회밖에 할 수 없다. 그런데 우리 가족에게는 상상치도 못할 예외가 적용되었다. 죽음의 그림자로 덮여있는 환자가 어려 부모 중 한 사람은 중환자실에 상주할 수 있게 배려해 주었다. 나와 아내 중의 한 사람은 온유 곁에 있을 수 있어 너무나 감사하고도 다행이다.

새벽 2시. 비록 중환자실의 딱딱한 의자에 몸을 맡겨 새우잠을 자도, 딸 곁에서 자니 참 좋다. 정말 좋다.

주님도 우리 부녀지간을 보니 좋으시죠?

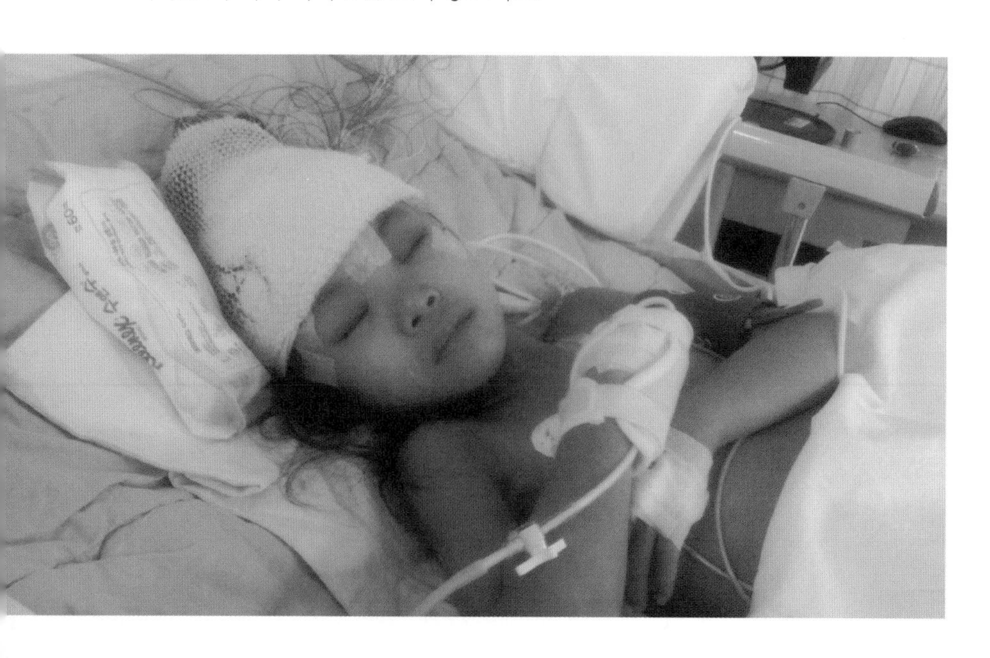

2015년 1월 22일 아침 8:06

아침에 온유의 몸에 열이 많이 올랐다. 아내와 번갈아가며 열을 내리기 위해 물수건으로 온유의 온몸을 마사지하고 있다.

열이 오르는 것은 몹시 '안 좋은 상황'이라고 한다. 이는 뇌 안의 염증과 바이러스가 자신들의 영역을 점점 더 확장하고 있는 증거라고 담당교수님이 알려 주셨다.

의식 없는 온유가 홀로 싸우는 모습이 측은하게 보여 너무나 애처롭지만, 그래도 발병 후 지금까지 잘 싸워 주고 있으니 대견하고 고맙다. 또한 수많은 기도의 동역자들이 온유를 위해 정직하게 기도해 주시고, 우리도 이를 악물고 기도하고 있으니 분명 주님이 온유를 붙들고 계실 것이다.

나는 온유의 상태를 통해 드러나는 외적 증거보다 기도로 드러나는 영적 증거를 믿는다. 내 인생 그 어느 순간보다 바로 지금 성경 말씀에 생명을 걸고 믿는다.

온유가 살아나야 할 이유를 주님이 이미 말씀해 주셨다.

내 영혼을 소생시키시고 자기 이름을 위하여 의의 길로 인도하시는 도다 (시 23:3)

하나님이 어떤 분이신가? 완전하시고 전능하시고 시공간을 초월한 모든 것의 주인이시고 생명을 불어넣어 주신 창조자이시며 결코 흠이나 실수가 없으신 완벽한 분이 아니던가?

너무나도 절박한 지금, 나는 하나님이 우리를 사랑하여 우리를 살리신다는 말씀보다 하나님이 당신 자신의 이름을 위해서 온유를 살려 내실 거라는 말씀에서 큰 힘을 얻는다.

자녀가 해를 입으면 아버지에게 그 책임이 전가되지 않는가? 자신의 자녀를 지키지 못하면 아버지의 무능함이 드러나지 않겠는가? 그렇기에 전능하신 하나님 아버지는 자신의 이름과 체면 때문이라도 자녀를 살리지 않겠는가?

더욱이 이렇게 수많은 사람이 자신의 욕망을 이루기 위한 기도가 아니라 하나님 당신의 자녀를 살려 달라 기도하는데 귀를 닫고 모른 체 하실 분이 절대 아님을 안다.

제발 열이 떨어지기를….

물수건으로 온유의 몸을 닦아 내며 절박하게 기도한다.

2015년 1월 22일 오전 11:15

중환자실에서 아내와 교대한 후 병원 내 커피숍에 들렀는데, 목이 메어 커피 한 모금 넘길 수가 없다. 전국에서 답지하는 수많은 격려와 위로의 문자 메시지를 보고 울고, 그들의 기도에 온유 얼굴이 겹쳐보여 울고….

하나님에 대한 믿음이 내 안에 있지만, 인간이기에, 아빠이기에 울음으로 가득한 먹먹함은 어찌할 수 없다. 심장이 너무 죄여 오고 아프다. 그래도 마음을 추스르고 다시 일어서야지.

온유를 위해서, 아내를 위해서, 기도해 주시는 동역자들의 간구가 헛되지 않도록 우리 하나님이 일하신다는 증거를 보여야지.

자, 온유야! 아빠도 이렇게 일어나니 우리 온유도 일어나자구나.

시편 6편의 말씀을 내 심장에다 한 자 한 자 각인하듯 아주 천천히 읽는데 눈물이 떨어진다. 나의 마음을 어찌 이리도 잘 표현해 주었을까?

여호와여 내가 수척했사오니 내게 은혜를 베푸소서 여호와여 나의 뼈가 떨리오니 나를 고치소서

나의 영혼도 매우 떨리나이다

여호와여 어느 때까지니이까

여호와여 돌아와 나의 영혼을 건지시며

주의 사랑으로 나를 구원하소서

사망 중에서는 주를 기억하는 일이 없사오니

스올에서 주께 감사할 자 누구리이까

내가 탄식함으로 피곤하여 밤마다 눈물로 내 침상을 띄우며 내 요를 적시나이다

내 눈이 근심으로 말미암아 쇠하며

내 모든 대적으로 말미암아 어두워졌나이다

악을 행하는 너희는 다 나를 떠나라

여호와께서 내 울음 소리를 들으셨도다

여호와께서 내 간구를 들으셨음이여

여호와께서 내 기도를 받으시리로다

내 모든 원수들(온유 안에 있는 모든 바이러스와 염증)이 부끄러움을 당하고 심히 떪이여

갑자기 부끄러워 물러가리로다

2015년 1월 22일 밤 9:41

밤을 새우고 아내와 교대한 후 중환자실을 빠져나와 병원 내 조용한 곳에 자리를 잡았다. 이전에 암송했던 말씀을 되뇌며 기도했다. 몸은 극도로 피곤하지만 믿음의 대상은 선명하게 보인다.

"믿음은 보이지 않는 것의 증거"라 했던 말씀처럼 보이지 않는 것을 보는 것이 믿음이며, 기도했다가 응답 받으면 좋고 "아님 말고"라는 훌치기 낚시 같은 믿음이 아닌, 모든 것을 내건 배수진을 친 믿음이 그 믿음이리라.

내게 믿음이 흔들리지 않도록 주께서 매일 천사를 보내셔서 우리 가족과 함께 울게 하시며 격려해 주신다.

글을 적고 있는 동안 누군가 등을 두들긴다. 아내의 지인들이다. 또 온유 친구의 어머니들이 천사가 되어 오셨다.

나는 다시 온유가 누워 있는 중환자실로 들어가 아내랑 교대한다.

그리고 이전에 고백했던 노래를 온유 옆에서 불러 본다. 오랜만에….

우리 믿음을 갖고서 다시 일어섭시다
주께서 도움이 되신다는 그 약속을 믿고
우리 소망을 갖고서 다시 기도합시다
주께서 인내하신 것처럼 우리도 주님처럼
- <우리 믿음을 갖고서> (장종택 라이브 워십 3집 수록곡)

2015년 1월 23일 아침 6:51

조금 전 이른 새벽 5시부터 온유가 50분이나 발작을 했다. 보통 여섯 시간 주기로 이런 힘든 시간이 우리 온유를 덮치고 있다.

이를 악물고 주님께 기도하지만 의식도 없으면서 아파하는 딸아이의 모습을 그대로 지켜보고 있노라면 마음이 절박해진다.

아! 피 말리는 기도의 시간이다. 수많은 분들이 기도해 주고 계심을 알기에, 6시간마다 찾아오는 이 고통의 시간이 줄어들게 해달라고 문자를 보냈다.

50분에서 40분으로 40분에서 30분으로, 아니 발작을 일으키는 요인이 물러나고 체온이 정상으로 돌아오도록 기도해 달라고 문자를 보내는데 내 안의 흐느낌이 격해져 손가락이 떨린다.

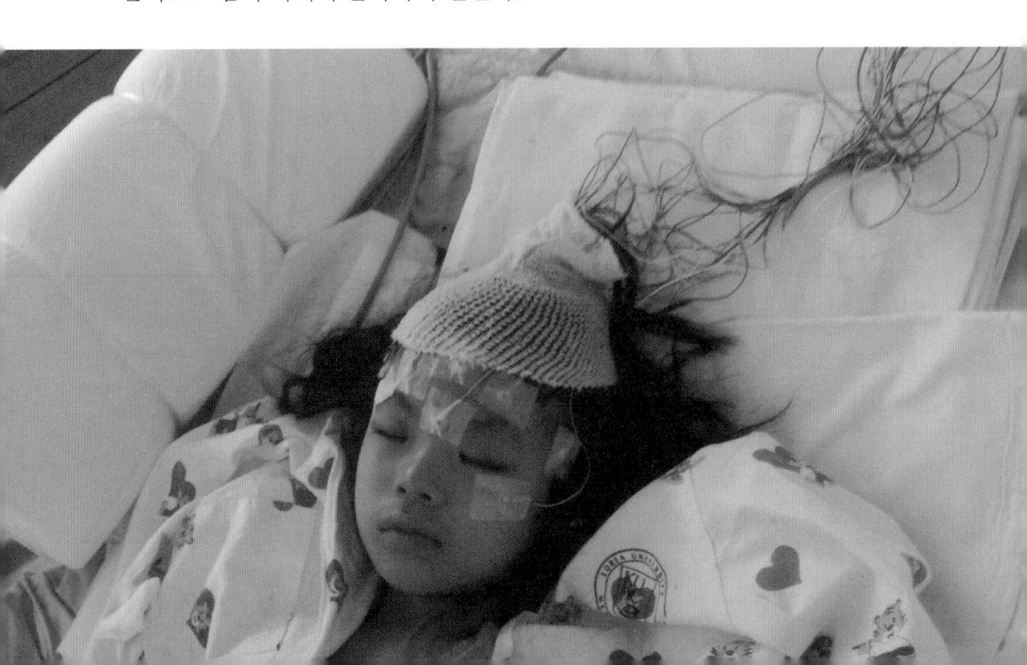

2015년 1월 23일 오후 5:23

온유가 입원한 후 예정된 집회를 취소하는 중이다. 가정이 내 사역의 우선이라 늘 생각해 왔고 언제 깨어날지 모르는 온유를 두고 사역을 나갈 수가 없었다.

그런데 어제 아내가 "당신이 하나님 일을 감당해야 하나님이 우리 일을 맡아 주신다"고 조언해 주었다. 병원을 빠져나와 집회 장소인 잠실제일교회로 이동했다. 예배 인도 강사이면서 동시에 난 예배하러 왔다.

내겐 그 어떤 집회보다 간절함이 넘친다. 하나님이 일하셔야 온유가 살아나는 현실에서 내가 마땅히 해야 할 것은 예배이다. 또한 집회가 끝난 뒤 병원으로 돌아가 밤을 새우며 온유의 희귀병과 사투를 벌이려면 예배를 통해 영적 에너지를 충전해야만 한다. 내게 있어 '예배'는 결코 놓쳐서는 안 되는 절체절명(絶體絶命)의 단어이다.

2015년 1월 24일 아침 6:54

밤새 온유가 아팠다. 발작 시간이 많이 길어졌다. 공포스러울 만큼 침대에서 흔들어 대는 온유를 진정시키기 위해 땀범벅이 되도록 함께 움직였다. 온유의 몸에 꽂힌 수많은 바늘 중에 하나라도 빠지면 안 되니 그냥 내 몸으로 아이를 덮쳐 못 움직이게 누르는 수밖에 없었다. 내 가슴에 눌린 딸이 꿈틀거리는 발작은 심장을 찢어 놓는 것 같다. 그 상태로 온유의 귀에 아주 낮은 목소리로 찬송가를 불러 주었다.

주 안에 있는 나에게 딴 근심 있으랴
십자가 밑에 나아가 내 짐을 풀었네
주님을 찬송하면서 할렐루야 할렐루야
내 앞길 멀고 험해도 나 주님만 따라가리(찬송가 370장)

이 찬송가를 부르고 또 부르니 온유와 나는 다른 세상에 와 있는듯했다. 중환자실의 그 소란하고 바쁜 소리들이 어느새 빠져나가고 나와 온유, 둘만이 밀폐된 공간에서 조용한 평안 속에 거했다. 엄청난 힘으로 내 손을 잡고 굳어 버린 듯 누워 있는 천사 같은 딸 온유를 바라보는데 모든 것을 뒤흔드는 폭풍 속에서 다른 차원의 고요한 세계에 들어와 있는 기분이다.

그러다 고개를 들어 온유를 보니 온유가 뭔가를 씹는 것처럼 오물거리고 있었다.

"의식 없는 아이가, 아무도 입안에 넣어 준 것이 없는데 씹고 있는 저것이 뭐지?" 온유의 입을 강제로 열어 보고 깜짝 놀랐다. 치아로 입안의 부드러운 살갗을 다 뜯어서 씹고 있는 것이다. 그 사이 살점이 떨어지면서 피가 터져 나왔다. 순간 너무나 놀라고 무서워 간호사를 미친 듯이 불렀더니 간호사도 기겁을 하고 흡입관(suction hose)을 입에 넣어 피를 뽑아냈다. 그리고 플라스틱 마우스피스 두 개를 입에 넣고 테이프를 뺨에 붙여 고정시켰다. 도저히 눈 뜨고 볼 수가 없는 모습이다. 정신을 차릴 수 없을 정도로 당황스러운 상황이었다.

시간이 얼마나 흘렀을까?

놀란 가슴을 진정하고 얼굴과 입 주위의 피를 닦아 내다가 아랫입술에 붙어있는 하 얀 물체를 발견했다. 뭔가 봤더니 치아 즉, 앞니였다. 항체가 온몸을 공격하는 고통과 싸우면서 힘을 주어 플라스틱 마우스피스를 깨물다가 결국 치아가 빠져 버린 것이다.

피범벅이 된 온유의 입 주위와 빠져 버린 치아를 보니 생지옥이 따로 없었다. 이를 악물고 기도했는데, 암송한 약속의 말씀대로 지켜달라고 신음 속에서 부르짖었는데….

눈앞에 펼쳐진 딸 온유의 참혹한 모습을 보니 내 마음 깊은 곳에 묶여 있던 주님을 향한 분노가 터지고 말았다. 이성을 잃고는 일순간에 내 영적 눈이 뒤집어졌다.

'으어어어어! 주님, 도대체 이게 뭡니까? 제가 무엇을 잘못했습니까? 제가 당신을 어떻게 섬겼는데 우리 딸 온유를 왜 이렇게 다루십니까'라는 통분의 울부짖음이 목까지 올라왔다. 이를 악물었고 두 주먹을 불끈 쥐었다. 몸이 부르르 떨렸다. 시간이 멈춘 듯했다.

나는 이런 하나님을 믿을 수가 없었다. 억지 감사로 꾹꾹 눌러왔었던 마음의 댐이 무너져 물이 쏟아지듯 "이런 하나님이라면 믿기는커녕 나는 당신을 욕하고 저주하며 대적하리라!"라는 분노와 화가 터져 나왔다. 입을 열어 하나님에 대한 불신을 온갖 더러운 말로 토하고 싶었다. 그때 스치듯 들리는 소리가 있었다.

"너, 이래도 나를 신뢰하니"

나를 내려다보시며 던지는 아주 잔잔한 하나님의 물음이었다.

나는 대답을 할 수 없었다. 평소 수없이 고백하고 선포했던 "주를 신뢰한다"라는 이 짧은 대답을 온유의 처참한 얼굴을 보고 있는 순간에 주님께 말씀드릴 수 없었다.

나는 4대째 예수 믿는 가정에서 태어났기에 내 인생 전반에 걸쳐 가장 많이 듣고 고백했던 말이 "주여, 믿습니다" "하나님을 신뢰합니다"였다.

나는 "하나님을 믿고 신뢰한다"는 말이 이렇게도 무겁고 두려운 고백인 줄 이전에는 미처 몰랐다. 딸아이의 피범벅 얼굴과 내 손가락에 놓인 빠져버린 치아를 보며 "믿음은 암기하는 것이 아니라 삶으로 증명해내는 것"임을 깨달았다. 내 눈물이 온유의 살갗에 떨어졌다. 그러자 다른 한 소리가 내 마음을 쳤다.

"이제 네가 했던 고백에 대한 책임을 질 수 있겠니?"

나는 시편 46편 1절에서 3절의 말씀, "하나님은 우리의 피난처시요 힘이시니 환난 중에 만날 큰 도움이시라 그러므로 땅이 변하든지 산이 흔들려 바다 가운데에 빠지든지 바닷물이 솟아나고 뛰놀든지 그것이 넘침으로 산이 흔들릴지라도 우리는 두려워하지 아니하리로다"라는 말씀을 수백 수천 번 회중들 앞에서 고백해 왔다.

이 말씀을 가사로 하여 <하나님은 우리의 피난처>라는 노래도 지었다. 그래, 하나님은 자신이 하신 말씀, 자신이 선포하신 언약을 내 인생을 통해 다 지켜 행하지 않으셨던가!

이제 내 차례가 된 것이다. 내가 주님께 고백해 온 말들이 진심이라는 증거를 보여드릴 책임을 느꼈다. 그렇지 않으면 내가 이전에 한 모든 고백과 선포가 거짓말이라는 것이 들통나는 위기에 처했다. 나는 깊은 신음과 함께 "주님만을 신뢰하겠노라"고 새로운 고백을 올려드렸다. 참으로 생지옥과 같은 고통스러운 밤에 감사의 노래를 다시 불렀다. 암송하던 말씀들을 입으로 소리 내어 내 귀로 들리게 했다.

열이 떨어지지 않고 있는 온유의 몸을 세 시간 넘게 물수건으로 닦아 내며 해열시켰다. 담당 간호사가 검사 때문에 잠시 나가 있어 달라고 해서 중환자실 중간의 긴 복도에 기대어 기다렸다. 3일 동안 매일 밤을 새웠더니 귓가에 온유의 신음이 멀어지다 다시 가까이 들리는 현상이 반복된다. "하나님을 신뢰한다"는 말이 얼마나 무거운 고백인지 정말 큰 대가를 치르며 배웠다. '신뢰'라는 단어는 두렵고 무서운 단어다.

이후로는 하나님에 대해 결코 함부로 말하지 않으리라. 생명을 걸 각오를 하지 않고는 절대로….

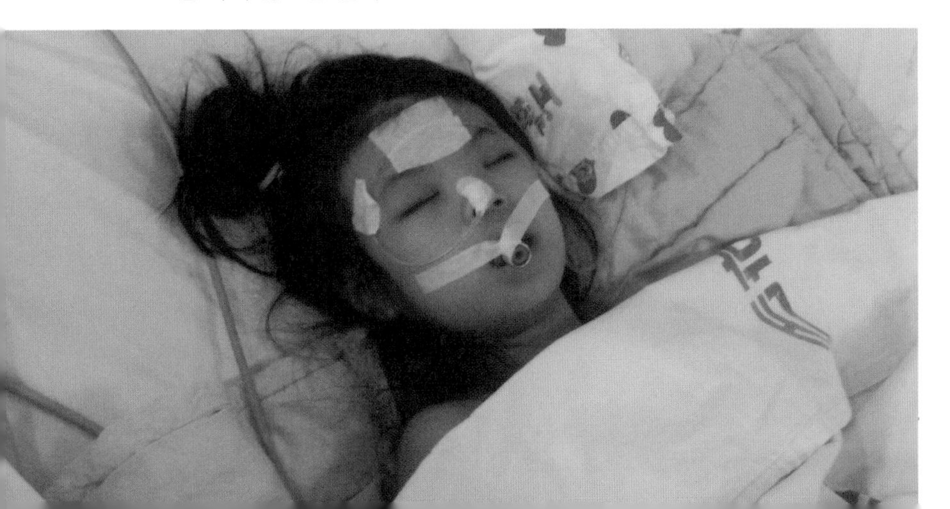

2015년 1월 24일 저녁 6:59

저녁 7시, 집회가 있어 아내와 교대하고 잠시 병원을 나왔다.

다윗이 고백한 것처럼 "옛적 일을 기억하며 예배한다"(시 77:11)는 그 마음을 가지고 이동한다. 현재 내가 당하고 있는 죽음의 계곡 속에서 하나님이 일을 하시던, 하지 않으시던 상관없다. 그분의 성품이 여전히 변함없으심을 믿으며 찬양할 수 있는 것은 지금까지 내 인생을 통해 보여 주신 수많은 일만으로도 찬양받기에 합당하신 분임을 이미 깨달았기 때문이다.

오늘 집회는 주어진 고통보다 더 깊은 갈망으로 예배할 것이다. 인생을 창조하신 그분께서 내 인생을 다스리도록 온전히 내어드릴 것이다.

2015년 1월 24일 밤 11:30

어제와 오늘 잠실제일교회에서 집회를 했다.

2시간여의 집회가 끝난 뒤 앨범과 책 판매가 시작되었다. 한쪽 책상에 앉아 축복의 말씀을 적으며 사인을 하고 있는데 한 중년의 여 집사님이 눈물이 가득 고인 눈으로 나를 보고 계셨다. 순서가 되어 내게 다가오시더니 책에 사인해 달라고 한 뒤 흐느끼며 말씀하셨다.

"전도사님, 저 어제 집회 올 때까지만 해도 엘리베이터가 없으면 예배당으로 올라오지 못했습니다. 관절염으로 심하게 고생하던 사람입니다. 그런데 어제 집회 중에 주님께서 치유해 주셨습니다."

"네? 몇 년 동안 앓으셨는데요?"

"8년째 앓고 있었습니다."

집사님 바로 옆에 남편 되시는 분도 고개를 끄덕이고 계셨다. 남편 분도 감사의 눈물이 훑고 지나간 얼굴이다. 치유의 기적을 경험한 집사님과 나는 부둥켜안으며 하나님께 감사했다. 집사님은 8년 만에 가뿐하게 엘리베이터를 지나 계단으로 내려가셨다.

중고등부 부장선생님이 나를 집까지 태워 주시면서 나음을 입은 그 집사님이 그동안 얼마나 고통스러워했는지 들려주셨다. 직접 본 기적의 이 사건을 들으니 오늘도 중환자실에서 힘겨운 밤을 지내고 있을 온유와 아내가 생각났다. 하나님이 내게 믿음을 가지라고 오늘의 사건을 보여 주신 것이라고 생각하니, 치료자인 하나님께 더욱 집중하게 된다.

집으로 돌아와 기도하고 3일 만에 잠을 청한다. 새벽에 병원에 가서 조금이라도 아내를 도와야 하니 억지로라도 잠을 자두어야 한다.

2015년 1월 25일 오후 12:26

주일 이른 아침, 병원에 가서 아내를 만났다. 밤새 한숨도 못잔 아내의 얼굴을 보니 미안했다. 병원 내 커피숍에서 아침 식사대용으로 빵을 꾸역꾸역 먹으며 아내에게 들으니, 온유와 아내의 지난밤은 그저께보다 더 힘든 시간이었다고 한다. 절실한 마음으로 집회를 인도했고, 고질적으로 괴롭힌 병에서 치유 받은 집사님도 만났지만 현실은 기대와 전혀 달랐다.

그러나 아내의 고백은 예수 그리스도의 치유하심에 대한 확신이 가득했다. 말씀을 붙들고 전쟁터에 서 있는 그녀는 이미 용사가 돼 있다.

중환자실에 들어가 잠시 잠든 온유의 침대 맡에서 기도로 내 안에 주시는 말씀을 정리했다. 아내에게 너무나 미안한 맘으로 온유를 맡기고 병원을 나서 안양감리교회로 이동했다.

"예수께서 그들에게 이르시되 내 아버지께서 이제까지 일하시니 나도 일한다 하시매"(요 5:17)라는 말씀처럼 하나님이 일하시니 나도 일한다.

2015년 1월 26일 자정 12:26

온유에게는 하루하루가 힘든 시간이다. 발작이 너무 심하여 결국 간호사들이 침대에 손발을 묶어 두기까지 했다. 온유에게도 고통이지만 이 광경을 바라보는 나와 아내에게도 말로 형용 못할 처참한 고통이다. 인간에게 주어진 가장 잔인한 형벌은 자녀가 죽어가는 모습을 바라만 보아야하는 부모의 심정일 것이다.

"하나님, 이렇게 아프셨습니까? 십자가에서 죽임을 당하는 아들을 보시며 당신의 마음이 이리 찢어지신 것입니까? 하나님 죄송합니다. 하나님 미안합니다. 하나님 사랑을 모르면서 설교하고 다녔습니다. 이렇게 아픈 사랑인 줄 몰랐습니다."

그분 앞에서 엉엉 울며 용서를 빌었다.

그래, 하나님이 그러셨다. 아들을 이 땅에 보내시고 자신의 피조물에게 죽임을 당하는 모습을 보신 하나님의 그 심정을 이제야 헤아린다.

중환자실로 들어온 지 한 주가 지났다. 감당하기 힘든 상황들이 쉴 새 없이 몰아쳤지만, 우리를 구원하기 위해 가장 잔인한 형벌을 자신에게 부여하신 그분의 사랑을 생각하면서 그나마 고통을 뛰어넘는 감사를 하고 있다. 또한 온유의 증상이 호전되진 않지만 하나님도 우리와 같은 아픔을 가지고 계시리란 사실에 위로가 된다. 아내와 나에게 주신 말씀을 붙잡으니 하늘의 평안을 누릴 수 있기도 했다.

오늘도 많은 분들이 병원에 찾아와 기도하고 가셨다. 면회는 하루에 두 번 할 수 있다. 면회 시간이 한정되어 있기에 병문안을 오셔도 온유의 얼굴을 못 보고 가시는 분이 대부분이다. 그런데 면회 시간과 상관없이 나를 아는 동역자는 물론이고 집회를 통해 만났던 분들, 심지어 내가 모르는 분들까지 전국에서 찾아와 기도하고 가신다. 어떻게 이런 일이 가능할까?

페이스북과 지인을 통해 소식을 듣고 온유를 위해 기도하시다가 주께서 마음을 주셨다면서 직접 병원에 방문했다고 한다. 그리고 우리 부부와 함께 울어 주고 가신다. 함께 울며 마음을 나누면 어느새 함께 웃게 된다.

어제 대전에서 박철규 형제님이 연락을 주셨다. 모르는 분이다. 그런데 주님께서 말씀을 주셨다며 만나자고 했다. 5분여의 만남을 위해 대전에서 불쑥 올라온 박철규 형제님이 전해 준 말씀이다.

예수께서 일어나 회당에서 나가사 시몬의 집에 들어가시니 시몬의 장모가 중한 열병을 앓고 있는지라 사람들이 그를 위하여 예수께 구하니 예수께서 가까이 서서 열병을 꾸짖으신대 병이 떠나고 여자가 곧 일어나 그들에게 수종드니라(눅 4:38~39)

사람들이 베드로의 장모를 위하여 예수께 구하니 예수님이 열병을 몰아내셨다. 나는 이 말씀으로 중보기도의 중요성을 마음으로 받았다. 사실 온유의 참혹한 사진을 올려 기도를 부탁한다는 것이 부모로서 할 일은 아니라고 생각했다.

그러나 이 말씀을 붙들고 페이스북에 글과 사진을 올려 정직한 기도를 부탁하기로 했다. 우리 가족에게는 함께 기도해 주시는 분들을 통해 치유의 예수님이 움직이실 거라는 확신이 있기 때문이다.

2015년 1월 26일 새벽 4:41

최근 온유의 회복을 위한 기도를 동역자님들에게 부탁하면서 강조하는 점이 있다. 그것은 단순한 기도가 아닌 '정직한 기도'에 대한 것이다. 내가 경험한 기도의 일화가 있다.

오래전 일이다. 어느 주일에 섬기던 교회에서 집사님 한 분을 만났다. 반갑게 인사하면서 대뜸 급한 일이라고 기도를 부탁해 오셨다. 나는 집으로 돌아와 그 기도제목을 노트에 적고 일주일을 기도했다. 정직한 기도는 '하나님이 어떻게 일하셨을까?'라는 기대감을 가지게 만든다. 일주일 후 예배를 마치고 집사님을 찾아갔다. 그리고 "집사님, 지난주에 부탁한 기도를 올렸는데 그 일은 어떻게 진행되고 있습니까?"라고 여쭈었더니 놀라시면서 "기도하셨어요? 저는 전도사님이 워낙 바쁜 분이라 이렇게 기도해 주실 줄은 몰랐어요" 라며 자신도 기도하지 못한 것에 대한 미안함과 정직한 기도에 대한 고마움을 표현해 주셨다.

"기도해 주세요", "기도할게요"라는 인사는 어느새 기도를 부탁한 사람도, 기도 부탁 받은 사람도 기도하지 않는, 기독교인들의 말뿐인 종교적 언어, 습관화된 인사말이 되어 가고 있다.

내가 붙잡고 있는 말씀은 많은 사람들이 예수님께 간청하여 예수님이 병을 치유하시는 것이다. 그런데 진짜로 기도를 해야 하는데 이런 인사말처럼 받아넘기기만 한다면 온유는 살아날 수 없을 것 같아 정직한 기도를 해달라고 간절히 부탁하고 있다.

정직한 기도가 예수님을 움직여 일하시게 할 것이다. 이 정직한 기도가 우리 온유를 살릴 것이다. 나 또한 그렇게 기도해 주시는 분들을 위해 기도하고 있다. 기도 동역자들이 자신의 정직한 기도를 통해 더 많은 시간 하나님을 의식할 수 있기를 그리고 하나님을 더 깊이 만나는 기회가 되기를 기도하고 있다. 그분들이 주신 사랑의 빚은 갚아야 하니 말이다.

2015년 1월 26일 아침 8:45

아침을 먹으러 식당에 갔다. 벽에 걸린 메뉴판이 눈에 들어왔다. 그런데 수많은 음식이 내게 무의미해졌다. 각기 다른 음식인데 내 입 맛에는 모두 까끌한 모래처럼 똑같아졌다.

온유를 돌보려면 내가 살아야 하니 억지로라도 힘을 내고자 식사를 할 뿐이다. 음식의 종류와 맛이 내게는 더 이상 의미가 없어졌다.

식욕, 성욕, 권세욕, 명예욕, 사역에 대한 성공욕…. 이 욕망들이 내 안에서 사라졌다. 갖가지 욕심을 채우기 위해 발버둥치는 세상에서 나는 모든 욕망과 욕심이 다 소멸된 천국을 누린다. 온유를 통해 발견한 특별한 하늘의 은혜이다.

2015년 1월 26일 오전 10:45

오래전부터 수없이 불러 온 찬송가의 가사가 완전히 새롭게 다가온다. 이전에 겪어 보지 못한 고통 속에서 전혀 다르게 채워지는 간증과 은혜가 나를 이끌어 가고 있다. 내 딸이 원인도 제대로 파악되지 않는 이 극심한 고통에 처한 현실은 내가 늘 불러온 노래들을 새로운 노래로바꾸었다.

내게 있어 <새 노래>란 이렇듯 새롭게 만들어진 노래가 아니라 새로운 마음으로 부르는 노래가 <새 노래>이다.

믿음은 추상적인 것이 아닌 실상이다.

은혜는 현실에 나타나는 실제이다.

함께 울어 주는 예수님도, 기도해 주는 동역자들도 실상이고 실제이다.

추상적으로 여기고 받아들인 믿음, 은혜, 예수님, 기도, 동역자들이 이제는 일상을 채우는 구체적인 부분으로 받아들여지니 내 입에서 나오는 노래가 새 노래가 되어 불려진다.

날 사랑하심, 날 사랑하심, 날 사랑하심, 성경에 써 있네

수없이 불러 온 이 찬송가 구절이 찬송시를 지은 작사가의 고백이 아닌 바로 나의 고백으로, 나의 노래로 불려진다.

2015년 1월 26일 오후 1:45

온유와 씨름하며 밤을 새우고 난 후, 한쪽 코에서 피가 터졌다. 그동안 육체가 잘 버텨왔는데 한계에 다다른 것 같다.

머리를 들고 코를 막고 화장실로 달려갔다. 코피가 멈춰지지 않는다. 잠시 씻고 화장지를 뜯어 코를 막았는데 어느새 하얀 화장지가 빨갛게 물들었다. 설상가상으로 다른 한쪽 코에서도 피가 터져 나왔다. 그 와중에 핸드폰 진동이 울렸다. 지방에서 오신 지인 목사님 일행이 병문안을 오셨다. 양쪽 코에 화장지를 틀어막고 고개를 드니 콧속의 피가 목으로 넘어왔다. 화장실 거울에 비친 나의 모습을 보았다.

현재 상황도 최악이고 내 모습도 최악이다.

그런데 멍하니 한탄하고 있을 여유가 없다.

"온유를 위해서 가정을 위해서 몸을 잘 챙겨야 한다"는 교훈만 갖기로 했다.

병문안 오신 일행을 맞으러 부끄러움 따위는 사치로 여기고 양 코에 휴지를 꽂은 채 뛰어나갔다.

오후에는 집회 때문에 수원에 왔다. 늘 인생의 마지막처럼 예배하려고 애썼는데 오늘은 진짜 내 인생의 마지막 예배 같았다. 회중은 반응하지 않는 청소년들이었지만 복음의 진수를 전할 마지막 기회처럼 여기고 피를 토하듯 예배에 대해 이야기했다. 이제 예배에 임하도록 설득할 여유가 없다.

온유가 아픈 뒤로 나의 예배는 계속 변화하고 있다. 사랑하는 자녀의 생의 마지막을 눈앞에 둔 아비에게는 아낄 것도, 거칠 것도 없지 않은가?

예수의 제자가 되었다면 불법과 타협, 죄에 대해 죽고 십자가를 받아들여 좁은 길, 좁은 문을 기쁘게 선택하여 걸어가야 하는 것이 그리스도인의 삶임을 직설 화법으로 전했다.

그렇게 예배한 후 집으로 돌아가는 전철을 탔다.

이제 목적지는 집이 아니라 병원이다.

내가 하나님의 일에 최선을 다했듯 하나님도 우리 온유의 치료에 일해주시길 전철 안에서 간절히 소망했다. 지금 이 시간 혼신을 다해 온유를 돌보고 있을 아내를 생각하니 눈물이 주르륵 흐른다.

2015년 1월 26일 밤 11:30

놀랍다!

정직한 기도의 부흥 운동이 일어나고 있다.

온유의 아픈 소식이 인터넷을 통해, 그리고 지인들의 입을 통해 널리 급속도로 전해져 얼마나 많은 기도의 소식이 들려오는지 어리둥절할 정도다.

매일 지인들과 모르는 분들이 전국에서 찾아와 "주님이 마음을 주셨다"고 하신다. 온유를 위해 눈물을 흘리며 기도해 주시고 사랑을 전하고 가신다. 그제도 어제도 오늘도 단 5분을 기도해 주시려고 버스 타고 왕복 10시간이나 걸려 다녀가신 분들이 계신다.

"기도하니 마음이 움직이고, 마음이 움직이니, 몸도 움직여 오게 되었다"고 하며 면회시간이 아니어서 온유의 얼굴도 보지 못한 채 병원 복도에서 손잡고 울며 기도해 주시고 병원비에 보태라며 후원금도 주고 가신다.

문자와 카카오톡 그리고 페이스북 메시지로 자신들의 교회에서 나눈 기도문과 함께 기도를 나누는 문자들을 사진으로 찍어 보내시는데 그 양이 너무 많아 일일이 답장을 해 드릴 수 없어 죄송할 정도다.

수많은 문자 중, 정직한 기도를 통해 자신이 변하는 기적을 맛본 내 소중한 동역자님들의 감동 메시지들을 잊지 않으려고 여기에 남긴다.

"본래 이렇게 기도한다는 사실을 드러내는 것을 좋아하지 않으나 전도사님과 사모님께 조금이라도 힘이 되고자 용기 내어 메시지를 보냅니다. 처음 상황을 알게 되었을 때부터 지금까지 마음으로 간절히 바랐습니다. 온유가 좋아지기를요. 그런데 제 기도를 들어주시려면 제 삶이 하나님 앞에 깨끗해야 하고 정직해야하지 않겠습니까? 하지만 저는 그렇지 못했습니다. 그간 제 자신을 죽이지 못하고 넘어서지 못한 채 하나님 보시기에 합당하지 않은 삶을 살던 제가 죄 많은 죄인임을 온유를 통해 깨닫게 되었습니다. 우리 주님 크신 은혜로 저의 모든 죄 사하여 주시고 이제 다시금 저 자신을 낮추어 주의 종으로 진정한 크리스천으로 살아가고자 합니다.

우리 딸 이름도 온유입니다. 이제 막 돌이 지난 아기입니다. 그렇기에 더 가슴 아프고 온유가 빨리 낫기를 소망합니다! 전도사님 말씀대로 이 일을 통해 하나님께서 당신의 나라를 만들어 가시려나 봅니다.온유가 잘 견뎌 내기를 간구합니다. 전도사님과 사모님도 잘 견뎌 내시기를. 정직하게 기도하는 여러 형제, 자매들도 주 안에서 강건하고 이 일을 통해 가족이 굳건하여지기를 진심으로 바랍니다!"

"안녕하세요? 전도사님! 정말 얼굴도 이름도 모르는 관계이지만 페이스북 공유 글을 통해서 온유 양의 아픔과 가족들의 힘듦을 접하게 되었습니다. 처음엔 그냥 '아, 아이가 너무 안쓰럽네. 부모님 마음이 어떠실까. 많은 이들이 함께 기도하고 있구나. 나도 동참해야지' 정도였고 아이도 점차 회복될 거라고 생각하며 종종 페이스북에서 전도사님 성함을 검색해서 소식을 보곤 했어요. 아주 심각한 상황 속에서도 주님께 감사의 마음을 올려드리는 전도사님의 믿음의 고백을 읽으며 제 자신을 돌아보게 되었어요. 전도사님의 말씀처럼 연약하고 어린 온유를 통해 하나님께서 많은 이들에게 말씀하시고 깨닫게 하시는 것 같아요.

병원에 누워 있는 어린 온유와 또 본인 몸 돌볼 여유 없이 사랑하는 자녀를 위해 끝없이 희생하시는 전도사님과 사모님을 생각하니, 본질이 아닌 것에 그리고 쓸데없는 것에 고민하고 마음을 빼앗기는 나, 주어진 삶에 감사하지 못하는 나, 주님만을 바라보지 못하는 나, 온갖 더러운 죄를 즐기는 나를 드러내어 보게 하시네요.

많은 분들이 전도사님께 응원의 메시지를 보내고 있는 것을 알지만 저라는 사람도 온유를 통해 하나님께서 깨닫게 하신 은혜가 있음을 고백하고 싶어 이렇게 연락을 드립니다. 순간순간 생각날 때마다 정말 진심으로 그리고 정직한 기도로 함께할게요. 전도사님의 믿음의 고백을 통해 배운 것이 많아 참 감사합니다.

오늘 새벽기도에서 온유를 위한 기도가 한없이 나왔어요. 그리고 온유를 위해 기도해 주시는 분들을 위한 기도도 계속 흘러나왔어요. 온유를 치료하심에 대한 감사헌금을 하라는 마음도 주셨어요. 곧 치유하실 것이라 믿습니다!

온유와 전도사님과 사모님을 위해 기도하면서 하나님의 마음을 보게 되었어요. 우리를 위해 아들 예수님을 십자가 죽음의 자리에 내놓기까지 얼마나 아프셨을까 하고요.

그전엔 기도를 해도 '전도사님 참 힘드시겠다! 온유를 지켜보고 곁에서 간호하며 얼마나 마음 아프실까?' 하는 마음만 들었는데 이렇게 정직한 기도를 올리면서 온유 덕분에 나를 돌아보는 은혜를 누리고 나의 삶을 다시 주님 앞에 결단하여 드리며 나아가게 되었어요. 전도사님, 그 누구보다 전능하신 주님이 사랑하시는 온유에게 '고맙다고, 더욱더 열심히 기도하겠다'고 전해 주세요. 새벽기도 다녀와 나누고 싶은 마음에 이리저리 두서없이 끄적거린 글 읽어 주셔서 감사드립니다.

온유 덕분에 기도의 자리에서 정직한 기도를 회복할 수 있게 되어 도리어 감사해요. 전도사님, 힘내세요! 주님이 우리 온유의 간증을 받으실 그날을 기다리고 기대합니다."

"전도사님, 안녕하세요. 저는 총신대학교에서 신학을 공부하고 있는 21살 이**라고 합니다. 저는 전도사님도 온유도 본 적 없고 페이스북을 통해서 소식을 듣고 기도하는 지극히 평범한 신학생입니다. 제가 용기 내어 전도사님께 메시지를 보내는 이유는 최근에 다니고 있는 교회에서 장학금을 조금 받았는데 감사헌금을 준비하는 중에 온유 생각이 나서 몇 주를 고민하다가 연락드리게 되었습니다. 사실 적은 금액이고 작은 마음이지만 처음 받는 장학금의 감사헌금을 뜻있는 곳에 드리고 싶어서 연락드렸어요. 정말 얼마 안 되는 금액이라 별 도움 안 된다는 것을 압니다만 물질적인 도움의 차원이 아니라 마음 깊이 응원하고 있다는 뜻에서 하나님의 일하심을 기대하며 드리고 싶어요. 후원계좌를 꼭 알려 주세요.
온유를 위해서 기도합니다. 그리고 전도사님을 위해서도 기도해요. 저는 이제 신학을 공부하지만 믿음의 선배님으로서 신앙이 어떤 것인지 보여 주시고 파이팅해 주세요. 온유에게도 '힘을 내요! 슈퍼파월!'이라고 꼭 전해 주세요. 하나님의 일하심을 저도 기대합니다."

온유를 위해 기도하다 자신의 죄 문제가 떠올라 죄에서 돌아서지 않고는 하나님이 기도를 들어주시지 않음을 깨닫고 회개하면서 자신이 먼저 살아났다는 고백이 계속 들려온다. 또한 얼굴 한 번 본 적이 없는 온유를 위해 새벽기도의 문을 열게 되었다는 간증과 자신의 귀한 것을 이웃에게 기쁘게 내어놓으며 사랑의 수고에 참여하고 있다는 놀라운 일들이 일어난다. 정작 온유는 의식조차 없는 중환자의 모습으로 차도가 없지만, 이 아이를 통해 사람들의 마음이 변화되는 기적이 일어나고 있다.

'온유와 우리 가족을 통한 하나님의 계획이 무엇일까?'라는 궁금증이 생긴다. 자신도 살고 상대방도 살리는 엄청난 힘을 가지고 있는 정직한 기도를 온몸으로 체험하는 사람들이 착한 바이러스로 번져가기를 기도한다.

조금 전 중환자실에 들렀더니 또 온유가 발작을 하고 있었다. 눈을 뜨고 있어도 의식 없이 발작하는 온유를 보니 또다시 찢어지는 아비의 가슴은 어쩔 수 없다. 하지만 온유의 아픔이 수많은 사람들을 변화시키는 기도의 부르짖음으로 보였다.

온몸으로 온유를 눌러 진정시키려 애쓰며 귓속말로 나직하게 기도했다.

"온유야, 너를 통해 이 한국 땅에 정직한 기도로 살아나는 수많은 사람이 있단다. 비록 많이 아프고 힘들지만 잘 견뎌 줘서 고마워. 그리고 네게도 단잠을 주시는 기적이 임하기를 하나님께 기도한단다" 하며 암송하고 있던 성경 말씀을 계속 속삭여 주었다.

내가 평안히 눕고 자기도 하리니 나를 안전히 살게 하시는 이는오직 여호와이시니이다(시 4:8)

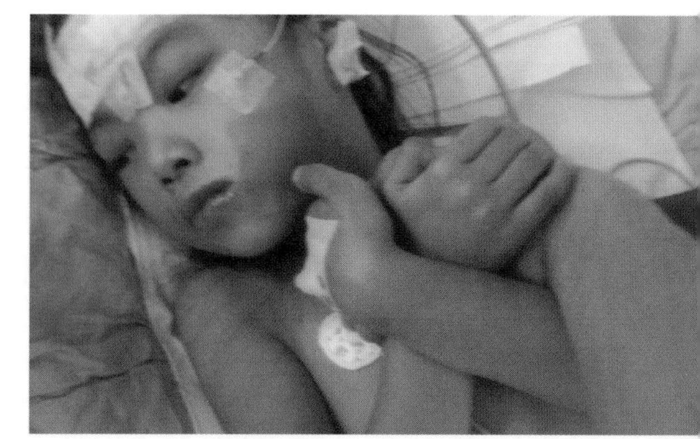

2015년 1월 27일 아침 7:19

온유가 고려대학교 안암병원에 입원한 지 일주일이 지났다. 기도해 주시는 수많은 분이 온유의 나아진 모습을 기대하고 기다리고 있을 터인데, 어떠한 진전도 없어 다시 기도 부탁만 드릴 수밖에 없었다. 아내는 교대하면서 "온유가 밤새 힘들어하다 방금 잠들었다"는 이야기를 건네주었다. 중환자실을 빠져나가는 지친 아내의 등에는 무거운 피곤함이 업혀 있다.

온유는 7일 동안 거의 잠을 자지 못했다. 뇌가 공격을 받으면서 나타나는 증상이라고 한다. 눈은 이미 선홍빛으로 바뀌었다. 사람에게 가장 혹독한 고문이 '잠을 재우지 않는 고문'이라는데 여덟 살 어린 온유는 그렇게 항체로부터 혹독한 고문을 당하고 있었다. 그 와중에 온유가 잠들었다는 이야기를 듣고 감사한 마음으로 침대로 왔는데 온유의 몸은 곧 잠시의 풋잠에서 깨고 말았다.

새벽 3시에 다시 시작된 처절한 싸움은 먼동이 틀 때까지 계속되었다.

간호사가 "3일간 피를 뽑던 혈관이 막혔다"고 한다. 그리고 다 말라 버린 막대기 같은 팔뚝에 동맥을 찾아 굵은 주삿바늘을 넣으며 내게 "나가 있어 달라"고 했다.

감각을 못 느끼는 온유의 눈에서 흐르는 눈물을 보고 나오는데 마음이 갈기갈기 찢어졌다. 하나님에 대한 원망의 울분이 다시 울컥 올라왔다. 하지만 이제는 본능대로 행할 수가 없다. "어떠한 상황과 환경에서도 주님을 신뢰하겠다"고 다짐한 나의 고백에 책임을 져야 하기 때문이다. 중환자실 긴 복도 벽에 머리를 박고 “하나님을 신뢰한다는 것이 이리도 어려운 말이었습니까? 저를 단련시키려 하신다면 차라리 저를 저 침대에 올라가 눕게 해주소서!”라고 간절히 부탁드렸다. 그런데 과연 내가 침대에 누웠더라면 하나님의 메시지를 발견할 수 있을까? 아니다. 결코 제대로 발견하지 못할 것이다.

인생에 주어진 가장 혹독한 고통은 자신이 죽음 앞에 있는 것보다 자녀가 죽음 앞에 누워 있는 것을 보는 부모의 심정이라고 생각한다. 그렇기에 냄비 근성으로 꽉 찬 나를 작정하고 가르치시려고 온유를 통해 긴 여정에 오르게 하신 것이다.

흔들리는 마음을 다시 진정시켰다.

내가 이 시련을 잘 통과해야 온유가 살지 않겠는가?

온유의 영구치 하나가 완전히 밀려 나와 버렸다. 아픔을 감지하는 감각이 없는지 계속 혀로 밀어내고 있다. 자기 학대가 강하다. 오늘도 자신의 일처럼 아파하고 기도해 주시는 동역자들에게 이 부분에 대해 구체적으로 문자를 보냈다. 나 또한 이런 기회로 인해 동역자들의 기도생활이 더욱 깊어지길 기도한다.

2015년 1월 27일 저녁 8:48

전화가 왔다. 임우현 목사님이다. 대뜸 하시는 말이 당황스럽다.

"형님, 형님의 계좌번호가 인터넷에 떠돌고 있어요. 어찌된 일이에요? 이거 사용해도 되나요?"

"네? 제 계좌번호가요?"

어떻게 내 계좌번호가 인터넷에 떠돌고 있단 말인가?

후원을 요청한 적이 전혀 없었는데….

그러다 갑자기 떠올랐다.

"아, 어제 전용대 목사님의 지인 중 한두 분이 우리 온유 상황을 듣고 조금이라도 돕고 싶다고 하셔서 얼떨결에 계좌번호를 알려드렸는데…."

"아, 그렇군요. 형님, 그럼 저도 움직입니다" 하시며 내 대답도 듣지 않고 급히 전화를 끊으셨다.

온유에게 모든 초점이 가 있었기에 병원비는 생각지도 못했다.

이런 갑작스런 일에 돈이 내 안중에 들어올 리 없다.

병원비에 대해 생각할 여유가 전혀 없었다. 그런데 실제로 병원비는 엄청나게 불어나고 있었고, 하나님은 이렇게 가깝고 친한 사역자들을 움직이고 계셨다.

전용대 목사님, 임우현 목사님, 황교진 편집장님과 박종현 전도사님은 페이스북을 통해 온유의 상황을 알리며 기도와 후원을 부탁했다. 그 글을 접한 수많은 사람이 다시 그 글을 퍼 나르는 것을 보면서 동지들의 진한 사랑에 가슴이 먹먹해졌다. 금세 눈물이 뺨을 타고 흘러내렸다.

지금 우리 가족에게 무슨 일이 일어나고 있는 걸까?

2015년 1월 28일 저녁 8:38

오래전에 고백했다.

걱정은 문제를 바라보게 하고,

기도는 하나님을 바라보게 한다고.

하지만 다시 내뱉게 된 나의 고백,

이제는 문제를 바라볼 여유조차 없다.

하나님을 바라보기에도 바쁘기에….

2015년 1월 28일 밤 10:04

우리 가정을 아끼고 사랑하는 아내의 지인들이 계속해서 서울대학교병원으로 옮기라고 조언해 주셨다. 그 지인들이 온유의 치료를 위해 뭐라도 돕고 싶은 심정으로 건네주시는 말인 것을 잘 안다. 충분히 설득력도 있다.

그 병원에는 아이들만 치료를 받는 소아 중환자실이 있고, 확실한 병명을 알아내려면 서울대학교병원으로 보내야 하는 거 아닌가 하고 말이다. 병원 환경과 실력 면에서 그 병원이 낫지 않겠냐는 조언이다. 이 때문에 며칠 동안 아내가 많이 혼란스러워했다.

그런데 아내가 오늘 내게 고백했다. 기도하는데 하나님이 이런 마음을 주셨다고 한다.

"고려대학병원, 서울대학병원이 뭐가 그리 중요하니? 이 병은 내가 고칠 것인데…."

참으로 하나님다운 응답이다.

아내는 정신이 번쩍 들면서 온유를 이원시키지 않고 지금 있는 병원에서 계속 치료를 받기로 결정했다.

이 말을 듣는데 생각나는 성경구절이 있어 아내와 함께 나누었다.

내가 여호와께 피했거늘 너희가 내 영혼에게 새 같이 네 산으로 도망하라 함은 어찌함인가(시 11:1)

새가 산에 사는 것이 자연스러운 이치(理致)인 것처럼, 세상이 옳다고 여기는 경험과 그럴싸한 방법으로 조언한다 해도 여호와께 피한 사람은 흔들리지 않아야 한다는 것이다.

아내는 담당교수님을 계속 신뢰하기로 했고 교수님을 통해 일하실 하나님께 피한 것으로 못을 박고는 다시는 신경 쓰지 않기로 했다. 아이를 위해 마음과 실력으로 최선을 다하시는 변정혜 교수님과 하나님의 말씀에 귀 기울이는 아내가 든든하다.

온유 곁의 두 여자분이 더 멋있게 보이는 감사한 밤이다.

2015년 1월 29일 밤에서 새벽으로 12:01

온유의 상태가 호전되지 않는다. 하지만 그 아프다는 동맥주사를 비롯해 온몸이 바늘로 덮여 있어도 온유는 잘 견뎌 주고 있다. 오전에는 바늘에 문제가 생겨 근육이 붓는 일도 있었고 발작을 하다 팔에 상처가 나기도 했다.

그래도 딸은 귀로는 엄마 아빠의 기도 소리와 성경 읽는 소리를 듣고 있고, 영으로는 한국을 넘어 전 세계에서 자신을 위해 기도하는 소리를 듣고 있다.

"기도하겠다"는 표현이 단지 기독교인의 의미 없는 인사 정도로 떨어져 있다고 생각했는데 지금 상황은 내가 잘못 판단했다는 사실을 인정할 수밖에 없다. 온유를 향한 정직한 기도가 건조한 산야에 불일 듯 일어나고 있다. 하나님의 보좌를 흔드는 동시에 사람을 움직이게 하는 기도이다.

면회 시간에 온유의 발작이 심해 아내와 함께 온유를 붙들고 기도하는데(면회 시간인 줄도 몰랐다) 조은정 자매님(이후로 거의 매일 병원에 면회 와서 기도해주었다)이 페이스북을 보고 왔다며 중환자실에 들어와 처음 보는 온유 앞에서 흐느끼며 기도를 해주었다. 아내와 나도 마음 깊은 곳에서 함께 울었다.

온유가 자면서도 발작을 멈추지 않는다. 의식을 잃은 뒤 일주일이 지났는데 하루에 10분도 제대로 자지 못하고 있다. 평소에 편안히 잠을 자는 것이 얼마나 큰 복이며 감사한 일인지 정말 뼈저리게 느낀다. 내가 정말 감사해야 할 부분이면서 늘 놓치고 살아온 수면에 대해 묵상한다. 최근 기도 제목 중 하나가 "하나님, 제발 우리 온유가 20분만 푹 자게 해주세요"이다. 잠

못 듣고 발작하는 이 고통에서 제발 놓이기를 간절히 기도하고 있다. 나와 아내는 온유가 지금은 비록 말도 못하고 눈도 마주치지 못하는 신생아 같지만 영은 살아서 기도를 다 듣고 있다고 거듭 확신한다. 오늘 밤도 온유와 함께 긴 밤을 보내게 될 것이다. 체력이 바닥난 건 사실이지만 그래도 버틸 수 있는 것은 많은 분의 정직한 기도의 힘 때문이다.

사진은 주삿바늘로 뒤덮인 온유의 발이다. 요즘 이 때문에 마음이 아프다. 단백질과 근육이 빠져나가 마른 막대기 같은 다리에 주삿바늘이 꽂힐 때마다 무척 아플 텐데 신음조차 내지 못하는 온유의 무의식 상태를 마주한다. 아비인 나는 이를 악물고 절박하게 기도하며 밤을 채우는 것밖에는 해줄 것이 없다.

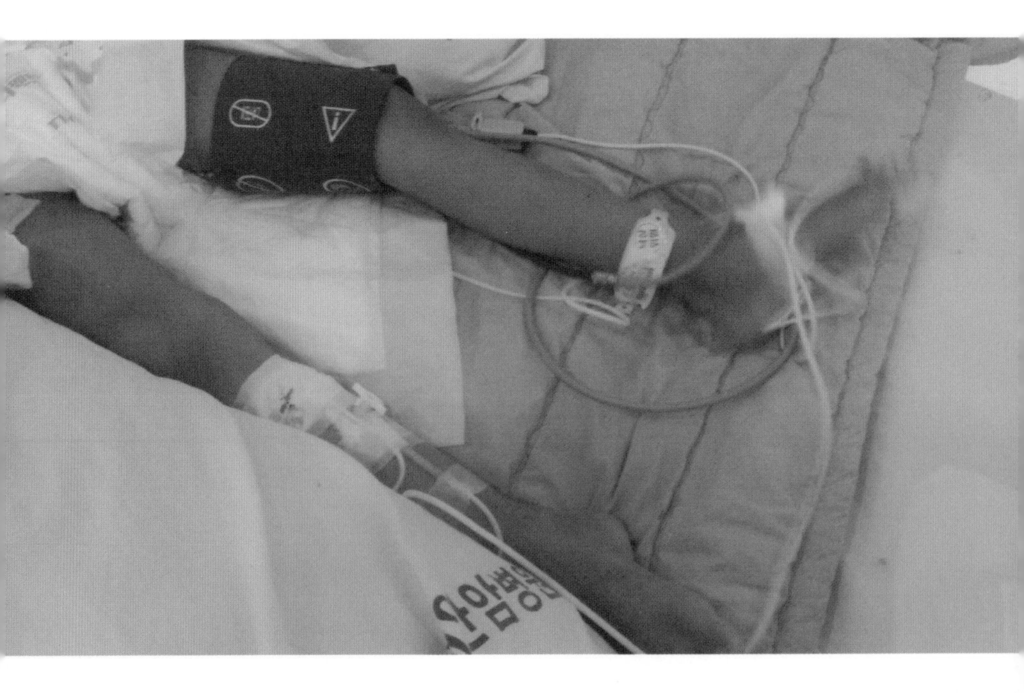

2015년 1월 29일 아침 8:47

밤새 온유와 씨름했다. 내 심신의 에너지를 다 쏟아부었다. 영적인 씨름의 시간이었다. 해열제 주사를 넣어도 열은 떨어지지 않았다. 쉼 없이 물수건으로 몸의 온도를 낮추려 애쓰고 온유의 끊임없는 발작에 대항해 몸을 붙잡아 주다 보면 새벽이 온다.

온유의 입술은 복싱 경기를 끝낸 선수처럼 퉁퉁 부어 있다. 주님께 밤새 부르짖어도 딸의 증상은 전혀 호전되지 않고, 곁에서 내 기도에 귀 기울여 주셔야 할 주님의 부재를 처절하게 느꼈다. 그래서 난 예배하러 간다.

중환자실 창문을 통해 새벽어둠을 걷고 어김없이 나를 맞이하는 태양을 보니, 호세아서 말씀이 생각난다.

> 그러므로 우리가 여호와를 알자 힘써 여호와를 알자
> 그의 나타나심은 새벽 빛 같이 어김없나니 비와 같이,
> 땅을 적시는 늦은 비와 같이 우리에게 임하시리라 하니라(호 6:3)

병원을 나서니 아침 칼바람이 밤새 지친 내 마음을 난도질한다. 전혀 나아지지 않는 현실과 오히려 예배하고자 하는 갈망 사이의 괴리감만 내 속에 가득하다. 그래도 말라 버린 내 마음을 은혜의 단비로 적셔 주실 주님을 만나러, 난 지금 예배하러 간다. 하나님의 정확한 때에 어김없이 나타날 기적을 소망하며 예배할 것이다.

2015년 1월 29일 오전 10:04

아내와 나의 체력은 이미 한계 상황을 넘어섰다. 아내와 난 매일 교대로 중환자실에 들어간다. 하지만 뇌를 공격당한 온유는 잠을 자지 않으니 그곳에서 온유와 함께 밤을 새워야 한다.

중환자실로 들어온 뒤 아내와 나는 10일 동안 한숨도 못 잔 날이 절반이나 되었다. 잠이 부족한 상태에서 에너지가 온전히 온유에게 투입되니 극도로 고단하고 힘이 든다. 그러나 거의 자지 못하는 온유를 생각하면 "피곤하다, 힘들다"고 토로할 수가 없다.

초자연적 힘의 근원인 하나님으로부터 에너지를 얻기를 기도한다. 그것밖에는 이 상황을 헤쳐 나갈 방법이 없다.

2015년 1월 30일 오전 11:19

급박한 일들이 너무 많았다. 두 번의 MRI 촬영에도 염증이 잡히지 않다가 서울대학교병원으로 보낸 온유의 혈액 정밀 검사 결과에서 양성 판정이 났다. 이제 점점 온유의 병명이 드러나는 것 같다. 온유는 갈수록 피폐해지고 있다. 염증이 있는 항체를 바꾸기 위해 새로운 혈장을 넣는 시술을 하려고 중심 정맥관 삽입을 하는 동의서에 서명했다. 오늘은 여러 치료 방법이 행해져 긴 하루가 될 것 같다. 온유의 살갗도 거칠어져만 갔다. 수많은 동역자가 기도해 주심에도 불구하고 상황은 조금도 호전되지 않았다. 오히려 시간이 흐를수록 강해지는 병마와 싸우는 온유를 볼 때마다 속으로 펑펑 우는 날만 더해진다.

사람들은 시련이 지난 뒤 이렇게 고백한다.

"돌아보니 다 하나님의 섭리이고 은혜였다."

이 말에는 폭풍 같은 시련이 우리를 덮칠 때 폭풍 밖으로 끌어내어주시기를 정말 간절히 기도했지만, 우리가 원하는 시간과 뜻에 따라 응답하지 않는 하나님께 대한 불평과 불만, 분노, 배신감의 의미가 내포된 것이 아닐까? "제가 뭘 잘못했나요? 어떻게 나를 이렇게 다루십니까? 얼마나 열심히 당신을 섬겼는데 이 고통에 대해 왜 응답하지 않으십니까?"라고 말이다.

시간이 흘러서 돌아보니 "그래도 하나님의 섭리와 은혜였다"라고 고백하지만 성경은 그렇게 말하지 않음을 묵상한 적이 있다.

"사망의 음침한 골짜기를 다닐지라도 해를 두려워하지 않을 것은 주께서 나와 함께하심이라"는 시편 23편 4절의 말씀은 사망의 음침한 골짜기 안에 있을 때 즉, 죽음 같은 고통이 진행되고 있는 지금도 주께서 우리와 함께하심을 믿음으로 고백해야 함을 말씀하신다. 그래서 나는 불만과 불평, 분노와 배신감을 이 고통 안에서 표현하지 않으려고 매일 사투를 벌이며 말씀을 암송한다.

어제는 강화도로 집회를 다녀왔는데 이틀 연속 잠을 자지 못한 상태로 운전하다 몇 번이나 사고를 낼 뻔했다. 깜박 졸다가 급브레이크를 밟았는데 전봇대 앞에서 멈춘 아찔한 상황이 있었고, 지그재그로 운전하다 뒤에서 자동차들이 빵빵거려 화들짝 놀라 정신을 차리기도 했다. 나의 안전을 위해 기도해 주신 분들 덕분에 잘 돌아왔지만 이제는 운전대를 잡아서는 안 될 것 같다. 무사히 살아 돌아온 것만으로 그저 감사한 밤이다.

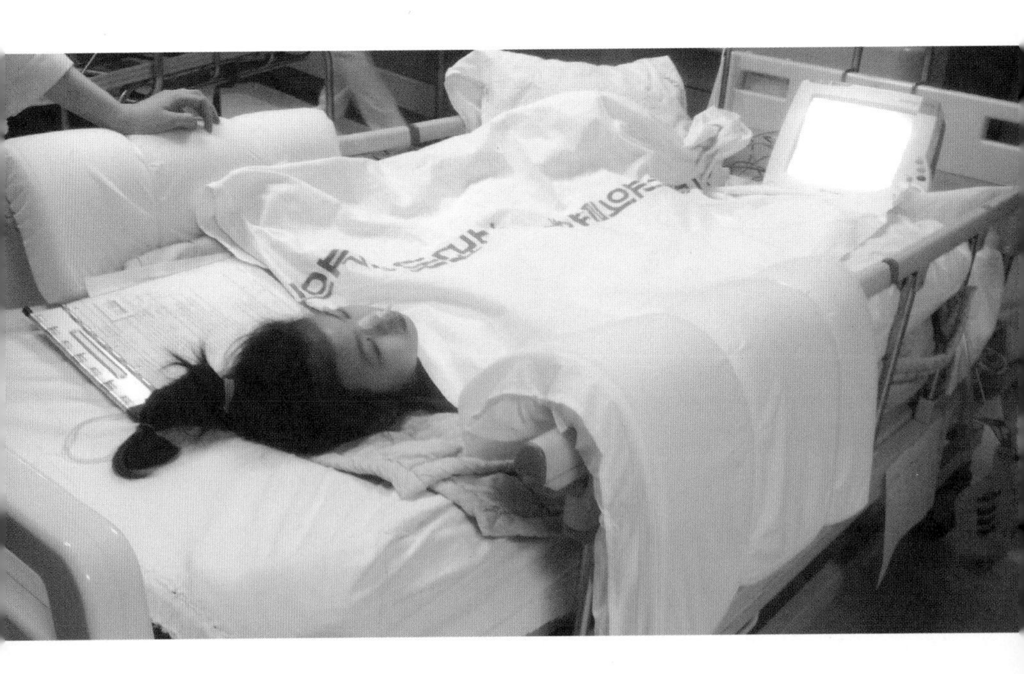

2015년 1월 30일 오후 05:36

방금 온유가 수술실에 들어갔다. 약 두 시간 정도 걸리는 수술이란다. 기도자들의 정직하고 절박한 기도 덕분에 MRI와 초음파에도 발견되지 않던 기형 종양이 어제 CT 촬영에 나타났다. 담당교수님도 기대하지 못한 부분인데 주치의 중에 한 분이 아주 작은 종양을 찾아낸 것이다. 적재적소에 사람을 배치시켜 일하시는 하나님을 발견하니 어찌 감사하지 않을 수 있겠는가?

서둘러 난소 종양을 제거하는 수술을 하게 되었다.

만약 다른 대학병원이었다면 이렇게 빨리 수술을 할 수 없다고 했다. 왜냐하면 마취과, 산부인과 그리고 내과를 거쳐야 하는 절차 때문에 수술을 바로 시행하는 게 불가능하고 시간이 꽤 지체된다. 그런데 온유는 위급한 상황에서 주치의인 변정혜 교수님이 강하게 밀어붙여 각 과의 신속한 협력을 이끌어 내어 난소 종양 제거 수술을 바로 진행할 수 있었다.

이 사실을 들으면서 이틀 전 아내에게 "서울대학병원이든 고려대학병원이든 내가 일할 텐데 뭐 그리 중요하냐?"고 하신 하나님의 말씀이 생각났다.

하나님의 치밀한 역사하심과 아울러 내가 인간적으로도 신뢰하는 변정혜 교수님의 정확한 판단과 수술 진행이 딱딱 맞게 어우러져 참으로 감사하다.

결론적으로 어젯밤 발견된 기형 종양이 온유의 병을 유발한 원인으로 판명되었다. 종양이 생기면서 온유의 몸은 자신을 보호하기 위한 항체를 만들었고 이 항체가 종양을 공격해야 하는데 종양을 공격하지 않고 자신의 몸을 공격했다. 급기야 항체가 뇌를 공격함으로써 온유는 의식을 잃고 쓰러진 것이다. 그렇기에 기형 종양 제거 수술은 더 이상 항체를 만들지 못하도록, 현재 희귀병으로 진화한 그 원인을 제거하는 수술이다.

입안으로 철로 입혀진 관이 들어가는데 나올 때 흔들리는 영구치를 건드려 치아가 빠질 수 있다고 한다. 그리고 온유가 꽉 물어도 치아가 빠질 수도 있다고 하니 떨리는 마음으로 기도하다 집회 장소로 향했다. 이 와중에 의리의 동지인 유정무 장로님이 오셔서 여러모로 도와주시다 제정신을 차리지 못하는 나를 데리고 집회 장소로 함께 이동해 주셨다. 오늘 하루에 일어난 일들을 돌아보면 스릴과 감사가 넘치고 기도가 넘치는, 정말 긴장감 넘치는 시간의 연속이었다.

2015년 1월 30일 저녁 7:36

집회 장소인 남양주로 왔다. 조금 전 아내에게서 수술을 끝낸 온유의 체온이 40도에서 떨어지지 않는다는 다급한 연락이 왔다.

집회 시작 전의 이런 소식은 참으로 당혹스럽다. 내가 할 수 있는 일이 없다. 그래서 가장 먼저 동역자들에게 기도를 부탁하는 문자를 보내고 내 마음도 단단히 동여맸다.

"저는 하나님의 일에 최선을 다할 테니,하나님은 온유를 위해 일해 주십시오."

초청 받은 남양주의 교회에서 하나님보다 우상을 더 사랑해서 시간과 물질을 투자하게 만든 삶의 허상들이 성령의 불로 태워지기를, 하나님과의 친밀한 교제와 소통을 막아 놓은 죄악들이 씻기기를 그리고 하나님 나라가 우리 안에 임하길 선포했다. 내 순서가 끝나자 나를 초청한 문찬희 전도사님이 병상에 있는 온유를 위해 작곡했다며 기도 응답의 간절함으로 눈물을 흘리면서 찬양해 주셨다. 그 시간에 나도 눈물이 펑펑 쏟아졌다. 이렇게 정직하게 기도하는 사람들 덕분에 울고, 남양주에도 기도의 동역자들을 심어 놓으신 하나님 때문에 울었다.

다시 병원으로 돌아왔다. 수고한 아내와 교대한 후, 온유와 밤을 뜬눈으로 보내야 한다. 이렇게 예배를 통해 온유의 곁을 지키고 견딜 수 있는 힘을 공급받으니 얼마나 감사한지….

2015년 1월 31일 오후 12:36

예상했던 대로 어제 집회 후에 병원으로 돌아와 온유와 밤을 새웠다. 온유는 아직도 우리를 알아보지 못하고 말을 못하기에 몸만 움직이는 아픈 신생아 상태 그대로다. 신생아 온유의 예쁜 모습을 회고한다. 지금 우리 온유도 예쁘기만 하다.

온유는 밤새 수술 후유증으로 체온이 38도에서 40도를 넘나들어 잠을 이루지 못했다. 몸 안의 종양을 떼어 내면서 난소도 함께 제거했다. 종양을 완전히 제거하여 생명을 살리기 위해서는 난소를 포기할 수밖에 없다. 그러나 이미 퍼져 버린 염증은 아직 잡지 못하고 있다. 수술 회복으로 인한 아픔과 여전히 뇌 속에서 괴롭히는 항체 때문에 이중고를 겪고 있다. 한밤중에 온유의 체온이 40도에서 좀체 떨어지지 않았다. 해열제를 먹였다. 소용이 없었다. 그래서 좀더 강한 주사액의 해열제를 투입했다. 그래도 열은 떨어지지 않았다. 평소 온유에게 가장 큰 해악을 끼칠 수 있다는 고열이 진정되지 않은 상태로 수술까지 했으니 온유의 몸이 펄펄 끓는다.

나는 밤새 온유의 열을 내리기 위해 수건에 물을 적셔 몸을 닦고 또 닦았다. 살리기 위해서 조금도 쉴 수 없었다. 잠시 졸지도 못하고 뜬눈으로 견디며 할 수 있는 모든 것을 해야 했다. 이제 휴식의 개념이 내 머리에서 사라졌다. 온유를 살리려면 내가 이렇게 끊임없이 움직여야 한다는 생각밖에 없다.

새벽이 되었다. 문득 이스라엘에게 하신 하나님의 말씀이 생각났다.

이스라엘 너희를 지키시는 이는
졸지도 아니하시고 주무시지도 아니하시리로다(시 121:4)

나는 그동안 시편의 이 말씀을 '하나님은 신이시니 잠의 개념이 없는 분 아닌가? 이렇게 우리를 사랑한다고 표현하신 것이겠지'라고 생각하며 당연하게 받아들였는데 오늘밤 이 말씀은 내게 여유롭게 다가오지 않는다.

어떤 해열제도 온유의 고열에 전혀 도움이 되지 못할 때 아버지인 난, 딸을 살리기 위해 밤새 물수건으로 열을 닦아 내야만 했다. 절대로 졸거나 잘 수가 없었다. 아버지인 내가 졸면 40도의 고열로 고통스러워하는 딸아이 온유는? 조금도 졸거나 잘 수가 없었다. 딸을 살리기 위해!

하나님의 고백이 바로 이것이다. 아버지인 그분이 잠시라도 졸면 나는 죽을 수밖에 없는 인생이다. 그렇기에 하나님 아버지는 나를 살리려고 졸거나 주무실 수 없는 것이다. 배운다. 이렇게 하나님의 마음을 체험하며 그분의 말씀을 깊이 깨닫는다.

동이 터오는 햇살이 병원 깊이 들어오자 열이 내리기 시작했다. 딱딱한 의자에 털썩 앉으니 눈물이 핑 돈다.

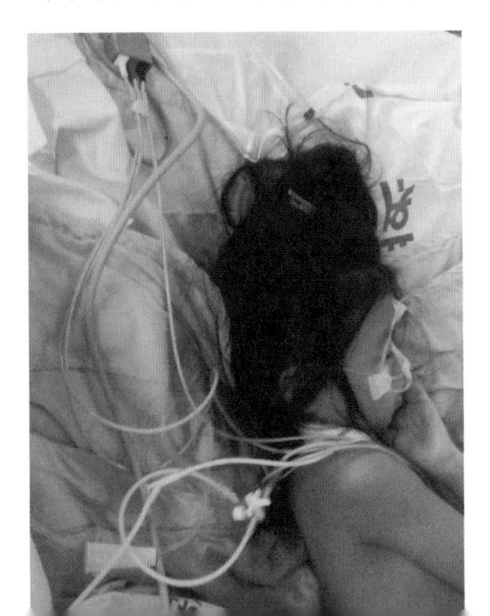

2015년 1월 31일 오후 2:36

밤을 새우고 강남고속버스터미널로 왔다. 전북 군산으로 내려간다. 쉬지 않고 온 힘을 다해 바동거리는 온유를 오전까지 돌보다가 아내와 교대했다. 부랴부랴 나오느라 세수조차 못한 것을 터미널에 도착해서야 알았다.

이런 모습으로 집회에 가긴 처음이다. 정작 내 안의 모습은 말도 못하게 더러운데도 그것을 정확하게 보지 못하고 살아온 내 자신이 참 부끄럽기만 하다.

오늘 집회를 통해 내 자신의 내면을 더욱 정직하게 드러내는 철저한 회개와 아울러 온유의 열이 정상으로 돌아가고 발작 횟수가 적어져 잠을 청할 수 있기를, 버스 안에서 절실하게 기도해야겠다.

온유야 아빠야

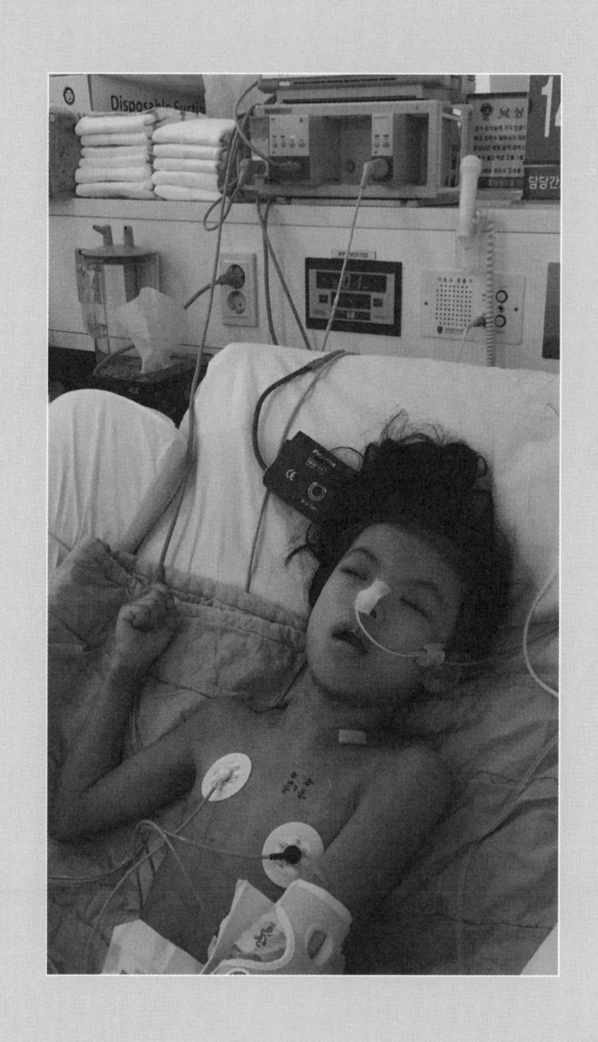

2월

온유의 생일 선물은
기도해 주시는 천사들

2015년 2월 1일 새벽 3:04

원래 1박 2일 동안 진행해야 하는 예배 세미나와 집회를 하루 만에 끝내고 온유와 아내가 있는 병원으로 내달렸다. 집회를 마친 뒤 아무런 교제도 못하고 후다닥 떠나와야 하는 상황 때문에 군산중동교회 찬양팀원들과 리더들에게 미안했다.

페이스북을 통해 군산에서 집회한다는 소식을 알고 지역의 동역자들(물론 한 번도 만난 적 없는 분들이다)이 찾아와 함께 예배하고 건강 챙기라며 정성스럽게 준비한 선물을 건네주셨다. 이런 응원이 얼마나 큰 힘이 되는지 모른다.

또한 나를 초청해 주신 최명식 목사님의 배려는 너무나 인상적이었다. 집회로 불러 주셨는지, 휴식을 취하라고 불러 주셨는지 모를 정도로 세심한 배려를 받았으니 말이다.

터미널에서 작별 인사를 하고 버스에 올랐다. 버스가 출발하는데도 추운 날씨에 자리를 뜨지 않고 계속 손을 흔들어 주시는 모습에 깜짝 놀랐고 마음에 감동이 일었다.

전화가 왔다. 김성귀 목사님이다. 군산에 왔다는 소식을 듣고 전주에서 나를 만나러 지금 군산중동교회에 왔단다. 난 지금 서울로 출발하고 있는데….

이렇듯 요즘 나의 인간관계 또한 눈물이 마르지 않게 한다.

지난 번 페이스북에 올린 글 중에 "잠을 못 자 사고를 낼 뻔했다"고 언급

했더니 내가 섬기는 공동체 데스퍼레이트 밴드(Desperate Band)의 이지형 형제가 "어디든 이동할 때 자기를 불러 달라"고 연락해 주었다. 유정무 장로님도 내가 집회 장소로 이동하는 것을 미리 아시고 사업장을 사모님께 맡겨 놓고 운전하기 위해 병원으로 오시기도 했다.

자정 무렵, 병원으로 돌아왔다. 아내와 잠시 이야기를 나누고 새벽 3시에 교대하기 위해 잠자리에 든다. 이제 병원의 긴 의자는 우리의 침대가 되었다. 자녀를 위해서라면 길바닥에서 잔다 해도 거리낌없이 받아들이는 것이 부모라는 사실을 몸소 배우고 있다. 오늘도 긴 하루를 끝내고 다시 긴 하루를 준비하기 위해 잠시 잠을 청한다.

2015년 2월 1일 아침 6:04

2월 1일은 우리 온유의 생일이다.

아내의 절실한 기도 제목은 오늘 생일날, 온유가 벌떡 일어나 "엄마" 하고 부르는 것이었지만 미뤄졌다. 생일 때마다 그렇게 기뻐한 온유는 비록 의식 없이 누워 있지만 나는 소망을 잃지 않기 위해 온유의 귀에 대고 약속했다.

"온유야, 너의 의식이 돌아오는 날, 아빠는 널 위해 성대한 생일 축하 파티를 할 거야. 그리고 온유를 위해 정직하게 기도해 주신 분들을 초대해서 하나님이 어떻게 일하셨는지 알려 줄 거야. 온유야, 살아나서 하나님의 영광을 꼭 드러내 주렴. 참, 오늘 온유 생일 선물은 우리 온유가 치료를 잘 받을 수 있도록 힘과 용기를 담아 기도해 주는 전 세계의 오빠, 언니, 삼촌, 이모들이란다. 사랑해, 그리고 생일 축하해."

2015년 2월 1일 밤 10:16

온유가 중환자실에 입원한 지 15일이 되었다. 며칠 전 병의 원인을 극적으로 발견하고 즉시 난소와 종양을 제거했지만, 뇌와 온몸에 퍼져서 공격하는 항체를 제거하는 큰일이 남아 있다.

어제에 이어 오늘 새벽 그리고 오전, 오후를 온유 곁에서 지내고 중환자실을 나오니 걸음을 제대로 걸을 수가 없다. 줄곧 서서 간호하다가 이제야 긴장이 풀리니 걸음을 옮기기도 힘들다. 그래도 이렇게 견딜 수 있는 육체가 대견하다.

온유는 아직도 거의 잠을 자지 않고 끊임없이 움직이게 만드는 항체에 시달리며 자신의 얼마 안 되는 에너지를 다 쏟고 있다. 눈은 선홍빛으로 변했고 핏줄이 터지기도 했다. 소변이 제대로 나오지 않아 결국 요로에 염증이 생겨 항생제를 투약하니 열도 계속 오른다.

고열을 식히기 위해 끊임없이 물수건에 젖고 마르고를 반복해 온 몸의 피부는 화상을 입은 것처럼 변하고 말았다. 말을 못해 그 아픔조차 전달하지 못하는 온유를 보니 마음이 찢어진다. 매일 반복되어 찢어진 마음은 아물지 않는다. 지켜보는 아비의 심정은 늘 아프고 또 아프다.

그래도 숨을 잡고 있는 온유의 모습을 보면 입으로 주님께 불평하지 않고 치유하실 주님을 신뢰하여 끝까지 가 보자는 오기가 생긴다. 그래서 감사할 것을 찾아보았다.

잠자는 것, 대소변 보는 것, 입으로 먹는 것, 걸어 다니는 것, 말하는 것,

세수하는 것 등은 온유에게 지금 너무나 필요로 하는 것들이다. 나는 이 것들을 누리고 있다. 평소 의식조차 못하며 살아온 일상의 감사 제목들이다. 지극히 자연스러운 것들이 얼마나 감사한 것인지 피부로 팍팍 느낀다.

온유는 자신의 아픔을 통해 나를 가르친다. 하나님의 사랑도 가르치고 하나님의 마음도 가르쳐 준다. 온유는 내 선생님이 되었다.

이런 어려움 가운데 동역자들의 방문과 기도에 즉시로 힘을 얻는다. 오늘은 경남 김해에서 피로 회복과 건강을 위해 손수 만드신 각종 차를 가슴에 안고 이산가족 찾듯 그 먼 거리(왕복 10시간)를 달려오신 분이 계셨다. 기도와 눈물을 나누고 가신 박소영 집사님이다. 그분이 "전도사님 가정을 하나님께서 너무너무 사랑하세요. 저 같은 사람도 이렇게 보내시니…"라며 눈물을 글썽거리며 말씀하시는데 내 가슴이 먹먹해졌다.

하나님은 이런 천사들을 지금까지 열거할 수 없을 정도로 계속 보내 주신다. 그리고 기대는커녕 생각지도 못한 재정 후원까지 해주셔서 깜짝 놀라는 채움이 이어졌다. "온유야, 파이팅!" 하며 전 세계에서 보내 주시는 응원과 격려는 우리 가족을 둘러싼 혹독한 시련을 감당할 수 있게 해주고, 폭풍 가운데도 고요하고 잔잔한 주님 품 안에 있음을 확신시켜 준다.

내일부터 온유는 아주 힘든 치료를 받는다.

아주 중요한 치료 방법이라고 하지만 주치의 선생님도 완치를 확신하지는 못한다고 한다. 그래서 감사하다. 사람이 포기해야 하나님의 일하심이 인정되지 않겠는가?

이번 일로 중환자실의 의사와 간호사분들께도 인간을 창조하신 하나님의 존재가 드러나게 되기를 소망한다. 이미 아내와 나는 이 부분에 대해 기도를 시작했다.

깊어가는 밤, 동역자들에게 문자를 띄운다.

"기도 부탁은 오늘밤과 내일 오전까지 온유가 대소변을 잘 보도록 그리고 발작 없이 편안하게 잠을 자 에너지를 회복하는 것입니다. 그리고 피부를 위해 기도해 주세요. 피부과 진료가 필요할 만큼 온유의 상태가 좋지 않습니다. 제때에 전문의가 오셔서 필요한 처방을 해주시기를 기도해 주세요. 저는 온유의 치유를 기도해 주시는 여러분을 위해 같은 마음으로 절박하게 기도합니다.
우리는 하나님의 일을 하고, 하나님은 우리의 일을 하시고, 여러분은 온유와 저희 가족을 위해 기도해 주시고, 저는 여러분을 위해 기도하겠습니다. 정말 고맙습니다."

2015년 2월 3일 밤 9:55

온유는 너무나 힘든 혈장 교환술을 받았다. 혈장 교환술이란 질병을 일으키는 원인 물질인 항체가 혈장에 존재할 때 항체가 포함된 혈장을 제거하는 시술을 말한다. 뇌를 손상시킨 것은 염증이나 바이러스가 아니었다. 난소에 생겨난 기형 종양을 치유하기 위해 온유 자신의 몸에서 만들어진 항체가 기형 종양을 공격하지 않고 온유의 몸을 공격한 것이다. 아주 희귀한 일인데 이 항체가 뇌까지 공격했다.

뇌를 공격한 원인은 며칠 전 난소와 종양 수술로 해결되었지만 온몸에 퍼져 있는 항체는 여전히 남아 있어 이를 제거해야 한다. 그러기 위해 온유 몸의 혈액을 뽑아내고 항체가 담겨 있는 혈소판을 제거한 후 새로운 혈소판을 넣는 혈장 교환술이 오늘부터 진행된 것이다.

어린 온유가 정말 감당해 내기 힘든 교환술이다. 심각한 상태이기 때문에 일들이 급박하게 진행되었다. 혈장 교환술은 대략 4~5시간 소요되며 혈액을 뽑아내고 기계에 넣어 보충액을 주입한 혈액을 다시 집어넣는 일이다. 혈액을 주입할 때 온유의 혈관이 작은지라 적혈구가 터질 수 있다. 그리고 고혈압, 저혈압으로 오가는 간격 부분에서 심한 부작용이 생길 수 있고 심장에 무리가 가며, 수혈이 끝나면 찾아오는 떨림과 추위 등 어린 온유가 견디기 힘든 새로운 싸움이다. 혈장 교환술이 진행되기 직전, 동의서를 쓰면서 고민하며 기도했다. 주님이 도우시리라는 신뢰가 있었지만 어쩌면 이 교환술을 하면서 여러 부작용으로 인해 온유의 상태가 죽음으로 이어질 수 있다고 생각하니, 동의서에 사인을 하는 손이 부들부들 떨렸다. 하지만 아내와 나는 전 세계에서 일어난 온유를 위한 기도 안에서 온유가 시술받는 시간에 평안히 기다리며 쉼을 누리기로 했다. 약 20일 만에 함께 갖는 쉼이다.

첫 번째 교환술은 무사히 마쳤다. 앞으로 한 주에 세 번(화, 목, 토) 혈장 교환술을 한다. 그리고 이것을 7번 반복해야 한다. 한 번도 힘든데 8세 여자아이 우리 딸 온유는 얼마나 힘들까?

교수님 말씀으로는 온유에게 일어난 이 희귀병은 매우 드문 경우여서 아직 희귀병 목록에 등록되지 않았다고 한다. 따라서 치료에도 많은 위험과 모험이 따른다. 그러나 걱정이 앞서진 않는다. 오히려 예수님의 동행과 치유를 인정하게 되는 사건이라는 생각에 기대가 되기도 한다. 신앙이라는 것이 참으로 신비하다. 실제로 두려움이 참 많았지만, 태풍의 눈 안에서 오히려 평안을 누리게 되니 말이다. 오히려 이 일로 인해 병원의 의사들과 간호사들도 하나님의 일하심을 인정하는 일이 일어나길 기도하고 있다.

아내의 발이 거북등같이 퉁퉁 부어 있다. 앉아 있지 못하고 늘 서서 온유를 돌봤으니 성한 곳이 없다. 그런 아내를 집에 보내고 오늘밤은 내가 당번이다. 나는 그 어느 때보다 우리의 기도 위에 성령님이 운행하고 계심을 믿고 있다.

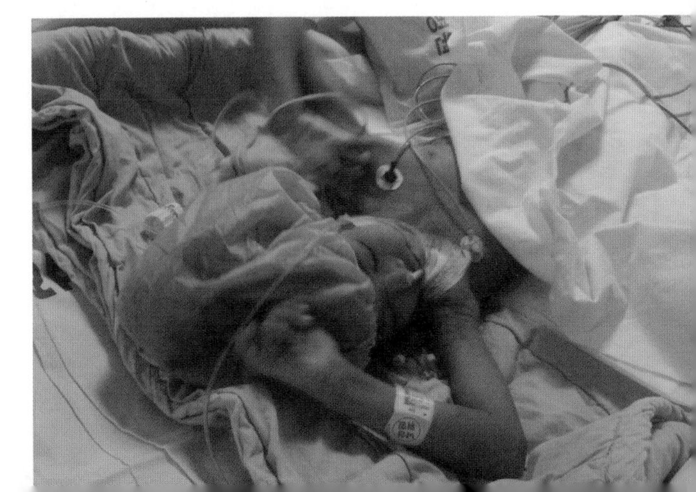

2015년 2월 4일 오전 9:28

온유가 아픈 뒤로 모든 것이 바뀌었다. 낮과 밤의 구분이 없어졌고 생체리듬도 깨져 버렸다. 상황이 닥치면 그냥 해야 한다. 기회만 되면 아무 곳에서라도 잠시 눈을 붙이고, 깨면 다시 힘을 쓰고 견뎌야 하니, 어느 시간이든 밥을 먹는다. 식사 메뉴는 의미가 없어졌다. 완전히 다른 종류의 메뉴를 먹어도 똑같은 맛이다.

잠시 중환자실을 나가면 수많은 사람들 속에 나란 존재는 없는 것 같다. 세상에 살지만 그 안에 살지 않고 온유와 아내만 사는 어떤 다른 세상에 내가 놓여 있는 것 같다. 이렇게 모든 것이 변했지만 내게 변함없는 게 딱 하나 있다.

예배다. 모든 것을 훑어 버리는 엄청난 태풍이 지나갈 때도, 모든 것을 집어삼키는 폭풍 같은 시련 속에서도 "내 영혼 평안해"라는 고백을 하게 만드는 것이 예배다.

이른 아침, 송파구에 있는 이삭치과로 예배를 인도하러 가는 중이다. 이 예배를 위해 지난밤 아내를 쉬게 하고 새벽녘까지 온유를 돌보았다. 그래서 지금 달려가고 있는 예배가 얼마나 귀한지 모른다.

말씀 안에서 살아 내려니 성경 말씀이 손에 잡히고 혀로 맛보듯 깊은 맛이 느껴진다. 어떤 의학 정보와 기술보다 주의 말씀에 더 신뢰가 간다. 이 와중에 주님의 임재가, 주님의 손길이 더욱 실제적으로 다가오는 예배만큼 내게 힘을 주는 시간은 없다. 이삭치과의 아침 직원 예배가 곧 시작된다.

2015년 2월 4일 오후 1:14

오전에 국민대학교 기독 동아리에 말씀을 전하러 왔다. 적은 숫자의 모임이지만 성령님은 활발하게 역사하셨다.

한 영혼의 귀함과 소중함이 어떤 것인지, 우리 온유를 위해 잠을 설치며 눈물로 기도하시는 분들을 기억하며 나 또한 한 영혼의 회심을 위해 어렵게 이곳에 왔다.

사람들의 숫자나 규모에 따라 사역을 선별하면 안 된다. 어떤 모임이라도 결코 내가 판단할 모임은 없다. 단지 주님께 민감하며 성령이 이끄시는 대로 따라가려고 애쓰고, 내 입술을 통해 나오는 강의 내용을 다시 내 귀로 들으며 흔들리지 않는 신뢰로 주님을 바라본다.

내가 이제껏 한 설교 중에 가장 많은 눈물이 터져 나왔다.

삶으로 이어져야 할 결단을 가슴에 안고 병원으로 간다.

2015년 2월 4일 밤 9:18

온유가 의식을 잃고 쓰러진 바로 그날 처음으로 병원에 달려와 준 의리의 동지 박종현 전도사님이 페이스북에서 엄청난 일을 벌이고 있다.

온유를 위한 정직한 기도와 후원을 부탁드립니다.
이글을 공유해 주시는 것만으로도 큰 힘이 됩니다!
저 자신이 이미 많은 분의 후원과 사랑으로 지내고 있기에, 벗님들께 가능하면 사랑의 부담을 드리지 않으려 했습니다. 그러나 이 이야기만큼은 도저히 외치지 않을 수 없습니다. 왜냐하면 이 이야기는 바로 우리들의 이야기이기 때문입니다. 하나님을 철저하게 신뢰하며 살아온 한 아버지이자 하나님 앞에서 늘 정직하게 몸부림치는 한 예배자의 이야기입니다. 잠시 들어보시지 않겠습니까?
저의 신대원 동기이자 찬양사역자인 장종택 전도사님은 대중에게 그리 유명한 분은 아닙니다. 그러나 그의 대표곡 <은혜로다>와 <다윗처럼>은 누구나 한 번쯤 들어봤겠다 싶은, 우리에게 매우 친숙한 곡입니다.
장 전도사님은 보기와 다르게 저와 나이 터울이 꽤 있는 분입니다. 그런데 이 분이 신대원 2학년 때 늦은 나이에도 불구하고 유명하고 큰 교회의 전임 사역자 자리를 박차고 나와 찬양사역에 전력투구했습니다. 저도 앞뒤 재지 못하고 많이 모자란다는 이야기를 듣지만, 이 형님은 그런 저조차도 쉽게 이해할 수 없는 캐릭터입니다. 젊고 잘 생기고 유명한 사람들도 풀타임 찬양사역으로 생계를 꾸리는 게 정말 어려운 이 시기에, 늦은 나이에 찬양사역에 헌신하겠다는 그 도전은 무모해 보였습니다.

그런데 놀라운 일이 일어납니다. 그 뒤 발표한 음반과 출간한 묵상집이 엄청난 힘을 가지고 있었던 겁니다. 세련됨이라고는 어디 하나 찾아볼 수 없는 순박한 용모에 감춰져 있던 예배를 향한 정직한 열정을 보고 저는 고개가 아닌 허리를 숙이지 않을 수 없었습니다. 그는 부르는 곳이면 어떤 자리든 기도와 정성으로 나아가 섬겼습니다. 한 번 집회에 초청되면 그 교회에서는 일 년 사이에 몇 번이고 그를 다시 찾을 정도로 뜨거운 예배 인도자로 헌신했습니다. 학교를 다니는 동안 예배를 향한 그의 순수함에 저는 탄복하지 않을 수 없었고, 힘든 신학대학원 생활을 함께 이겨 나가는 믿음의 동지가 되었습니다. 저뿐인가요? 다른 사역자들과의 끈끈한 인맥과 거짓 없는 사랑을 보며 동기이지만, 존경하지 않을 수 없었습니다.

20일쯤 전으로 기억합니다. 아이(이름은 온유입니다, 장온유)가 아프다며 사진이 한두 장 올라오더니, 하루 이틀 만에 아이가 사경을 헤맨다는 비보가 전해졌습니다. 저는 급한 마음에 서둘러 병원에 가 보았습니다. 마침 의사들이 이리저리 온유를 진찰하던 차였습니다. 그 착한 장 전도사님은 작은 눈 가득히 눈물을 글썽이며 서 있었고, 사모님은 차분한 모습으로 의사들과 대화를 나누시더군요. 아무 진단도 내리지 못하고 여러 가지 가능성만 제시하던 의사들의 이야기를 똑똑히 들은 저는 마음이 무너져 내렸습니다. 그때가 중환자실로 옮기기 직전이라 침상 곁에서 두 부부와 잠시 기도할 수 있었는데, 기도하는 제 마음 가운데로 하나님이 들어오셨습니다. 제 믿음이 부족하기 때문이었을까요? 먹먹해하는 우리에게 오셔서 그분은 “내가 이 딸을 낫게 해주리라” 하는 강건한 음성 대신 그 자리에서 당신의 아픈 마음을 열어 보이셨습니다. "나도 아프다, 나도 이만큼 아프다" 하시는 주님의 마음을 말입니다. 어쩔 줄 몰라 저는 장 전도사님 부부와 함께 그저 눈물을 쏟으며 오직 하나님의 긍휼을 구했습니다.

보름이 넘게 중환자실에 있고서야 온유는 병의 원인에 대한 진단을 받았습니다. 난소의 종양으로 인한 일종의 자가면역질환이었습니다. 이제 겨우 여덟 살이 된 아이가 고열이 떨어지지 않아 의식 없이 하루에도 몇 차례나 경기를 일으키고 아비와 어미의 가슴을 졸이게 만들던 이유가 한참 만에 겨우 밝혀진 겁니다. 안타깝게도 온유는 며칠 전 난소를 제거하는 수술을 받았고 이제 면역 체계를 돌이키기 위해 혈장 교환술을 받기 시작했습니다. 일주일에 세 차례, 일곱 사이클의 혈장 교환술은 한 번에 4~5시간 소요되며, 전신의 혈액을 뽑아 혈장을 바꾼 후 다시 집어넣게 되는데, 혈액을 밀어 넣다가 때때로 적혈구가 터지고 불안정한 혈압으로 인한 부작용과 수혈이 끝나면 찾아오는 떨림과 추위, 심장의 무리 등을 견뎌 내야 합니다. 그리고 이제 장기간의 입원과 검사, 수술 등으로 치료비와 아울러 두 분이 한 시도 떨어져 있을 수 없기 때문에 발생하는 생활의 어려움이 이 가정을 기다리고 있습니다.

이미 전국에서 많은 분들이 온유를위해 기도하고 후원하기 시작했습니다만, 감당해야 할 몫이 워낙 크기에 저도 이 움직임에 작은 힘을 보태려고 합니다.

사랑하는 벗님들, 이리 장황하게 글을 쓴 까닭은 짧은 글로 여러분의 마음을 움직일 능력이 제겐 없기 때문입니다. 그저 이 안타까운 소식을 소상히 나누고 절박한 심정으로 여러분께 부탁드리고자 합니다. 상세한 내용은 장종택 전도사님의 담벼락을 훑어보시면 됩니다.

지금 잠시 기도해 주십시오. 그리고 마음이 닿는 만큼 조금씩 후원해 주십시오. 아주 적은 금액이어도 좋습니다. 그저 처음부터 끝까지 하나님 한 분만을 신뢰하며 견디고 있는 이 가정에 그분이 우리의 가슴에도 살아계심을 함께 증명해 주시길 부탁드립니다.

이처럼 내가 감당하지 못하고 있는 부분을 자신의 일처럼 짊어지는 사람들이 내 곁에 있다.

눈물이 난다.

이리 살지 못한 나 자신이 부끄러워 눈물이 나고 이리 살아 주는 동지가 있어 눈물이 난다.

시련의 길 위에서 허둥대며 제정신을 차리지 못하는 나를 위해 일하시는 하나님이 계셔서 눈물이 난다.

2015년 2월 5일 오전 11:19

온유의 두 번째 혈장 분리술이 시작되었다. 역시 4~5시간 정도 걸린다고 한다. 첫 번째 분리술을 할 때보다 더 떨린다. 분리술 중에 어떤 부작용도 일어나지 않고 잘 진행되도록 두 손을 모아 기도하는데 나도 모르게 얼마나 힘을 주었는지 손가락이 으스러질 것처럼 아프다. 이게 부모인가 보다.

온유는 어제와 오늘 장 안에 가스가 차서 배가 많이 불러 있다. 썩 좋지 않은 상황이다. 온유는 몸 곳곳에서 전쟁을 치르고 있다.

아침에 온유랑 손을 잡고 기도했다. 우리 온유는 잘 해낼 거다.

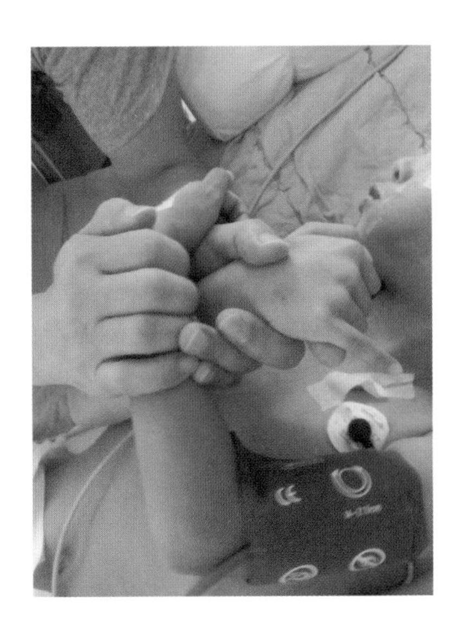

2015년 2월 5일 오후 12:49

전 세계에서 문자와 페이스북 메시지를 보내 주신다. 우리 부부 이상으로 뜨겁고 간절하게 기도해 주시니 이게 기도의 부흥이 아니고 무엇이겠는가?

혈장 분리술이 끝나길 기다리며 아내와 문자를 읽는데 어느 분의 "나 자신을 위한 기도도 이렇게 해본 적이 없다"라는 고백에 눈물이 왈칵 쏟아졌다.

온유의 아픔은 한국 교회에 "정직한 기도를 깨우라. 자신의 안위를 위해 물질적인 풍요를 요구하는 기도를 그치고 하나님 나라를 위한, 하나님의 의를 위한 거룩한 기도를 깨우라"는 메시지로 전달되고 있다.

온유는 이런 기도 안에서 숨 쉬고 있다. 우리는 하나님의 영광을 드러내길 바라는 기도 안에서 살아날 것이다.

사실 나는 온유의 이야기가 사방으로 퍼져갈 때 이렇게 큰 관심을 받고 기도 부흥 운동이 일어날 줄은 몰랐다. 솔직히 우리에겐 고쳐지지 않는 냄비 근성이 있지 않는가? 그래서 일주일, 길어야 2주 뒤에는 그냥 다른 사건에 묻혀 버리고 사람들의 관심에서 멀어질 것이라고 생각했다. 그런데 내 예상은 완전히 틀렸다.

내가 온유의 상태를 페이스북에 하루라도 올리지 않으면 수많은 사람들이 "온유의 현재 상태가 어떠냐?"며 "계속 알려 달라. 그래야 구체적으로 기도할 수 있지 않느냐?"라는 연락을 주신다. 어떤 분들은 "그저께 무엇을 했고 어제는 이런 어려움이 있었는데 오늘은 어떻게 되었냐?"고 아주 정확하게 알고 묻기도 한다. 이것이 바로 정직하게 기도하고 있다는 증거 아니겠는가?

정직하게 기도하지 않는 사람은 그 사람이 무엇을 부탁했는지, 아픈 사람의 이름이 뭔지, 무슨 병명이었는지 알 수 없다. 기도제목을 기억하지 못하며 기도를 부탁한 사람과 내용에 아예 관심조차 가지지 않고 넘어가기 때문이다. 정직하게 기도하는 동역자들이 남긴 증거를 잊지 않기 위해 문자 중 하나를 남긴다.

"얼굴 한 번 본 적 없지만 온유는 제 동생이 되었습니다. 의식 없이 누워 있음에도 불구하고 온유는 작고 여린 몸으로 제게 많은 감사를 가르쳐 주었습니다. 저도 부족하지만 온유를 위해 일하고 싶습니다. 진심으로 나누고 싶습니다. 온유의 소식을 보기 위해 하루에도 몇 번씩 페이스북에 들어옵니다. 온유가 대소변을 저절로 봤다는 소식에 진심으로 함께 기뻐했습니다. 그만큼 온유는 제 삶의 한 부분을 차지하고 있답니다. 병원에 가서 온유를 꼭 한번 안아 주고 싶습니다."

이렇게 기도해 주시는 분들을 대하면서 "그래, 온유의 이 아픔을 통해 기도의 운동이 일어나는구나. 하나님이 당신의 계획을 드러내시는구나"라는 확신이 들어 아내와 나는 고통을 견뎌 낼 충분한 이유와 가치를 발견한다.

기가 막힌 웅덩이와 수렁에 갇힌 상황 속에서도 기도는 밝은 하늘의 소망을 갖게 한다. 그러니 기도는 응답을 떠나서 기도 그 자체가 기적인 것이다.

2015년 2월 5일 밤 10:08

오늘 온유는 우리와 수많은 사람들의 기도 속에서 혈장 분리술을 너무도 잘 받아 냈다. 어린 아이에게는 정말 힘들다는 시술인데 몇 시간의 회복을 거치면서 백짓장처럼 하얗던 피부도 원래대로 돌아왔다.

온유가 분리술을 받는 동안에도 동역자 분들의 병원 방문이 끊이지 않았다. 하나님이 계속해서 내게 주시는 메시지가 있다.

온유가 중환자실로 입원한 후 알든 모르든 많은 분이 직접 병원으로 찾아오셔서 헌금해 주셨다. 그때마다 정말 감동하며 감사하게 받았다. 그런데 오늘 방문한 횃불트리니티신학대학원 동기 전도사님들과 여러 동역자들을 만나면서 눈물이 왈칵 쏟아졌다. 하루하루 사는 것도 버거운 그분들이 주신 후원 봉투에 담긴 것은 돈이 아니다. 삶의 일부분이다. 이런 사랑과 섬김에서 내 안에 숨겨져 있던 '인색함'이란 죄악을 보았다.

자신들의 생활도 힘들면서 함께 울며 나누고 베푸는 동역자들의 모습에 하나님께 인색했고 사람들에게도 인색했던 내 모습이 비춰졌다. 뒤로는 내 것을 챙긴 모습이 아프게 떠올랐다. 그들처럼 나누며 살지 못하고 인색했던 내 모습을 발견하고는 걸어가다 멈춰 서 펑펑 울었다. 받는 것에 길들여진 못된 사역자의 전형이 바로 나 자신이었다는 사실에 하나님께 잘못을 인정하고 용서를 구했다. 온유의 아픔을 통해 나는 계속적인 회개를 하고 있다. 나의 아킬레스건인 자녀를 사용하지 않고는 돌이키지 않을 나를 잘 아시는 주께서 세세하게 가르쳐 주신다.

2015년 2월 6일 오전 10:06

새벽 4시경, 아내와 교대하고 아무도 없는 집으로 돌아와 잠깐 눈을 붙였다. 온유가 아픈 뒤부터 우리 가족은 그야말로 긴장감의 연속선상에 있다. 여섯 살인 막내 세빛이는 유치원을 다닌다. 첫째 이슬이는 중학교 3학년이다. 둘이서만 집에 있는 것이 안타까워 경남 김해에 계신 어머니가 오시기도 하고 동두천의 장모님이 오시기도 한다.

지난 방학 때 첫째 이슬이는 부산 고모 집에서, 여섯 살 막내 세빛이는 동두천 이모 집에서 머물다 최근에 집으로 돌아왔다. 이번 일로 '뿔뿔이 흩어졌다 모이고'를 반복하면서 가족의 소중함을 절실히 경험하고 있다. 사실 너무나 힘든 상황을 헤쳐 나가고 있지만 가족원들이 아픈 가족을 위해 더 아껴 주고 그로 인해 가족이 더 강하게 단결되는 것 같아 감사하다.

세수를 하고 있는데 병원의 아내에게 연락이 왔다. 기도의 불을 단 한순간이라도 끄지 말라고 하시는지 온유의 상태가 그리 좋지 못하다는 상황을 전해 주었다.

배에 가스가 계속 차서 입으로 호스를 넣어 장까지 연결시켜 빼 내어도 다시 가스가 차고 열은 시도 때도 없이 오른다고 한다. 무엇보다 온유가 하루 24시간 거의 잠을 자지 않는 것이 가장 큰 문제다. 아내에게 물어보니 오늘 새벽에 1시간 정도 잤다고 한다.

요즘 내게 오는 문자 중 특이한 사항은 우리처럼 심각한 병을 앓고 있는 자녀를 둔 부모님들이 연락을 주신다는 점이다. 어려운 사람끼리 서로 격려하고 기도하고 도우니 의지가 된다. 나와 아내는 이런 동역자들이 흘려 보낸 긍휼을 맛보았기에 우리 또한 비슷한 처지의 아이들에게 정직한 기도와 적은 후원도 시작했다.

"긍휼을 베푸는 것은 긍휼을 맛본 사람만이 할 수 있는 특권이다"라는 사실을 진리처럼 심장에 새겼다. 이것이 사실임을 확인하는 문자를 하나 남긴다.

> "아픈 아들을 안고 울다가 만난 하나님은 '내가 너를 사랑한다'고 속삭여 주신 따뜻한 나의 아버지입니다. 여섯 살인 작은아들이 백혈병 진단을 받고 2년이 흘러 올해 초등학교에 입학합니다. 희망이 우리를 인도해 하나님 앞에 서는 그날까지 낙심하지 마시고 온 가족이 기운 내시기를 기도하겠습니다. 어느 병원인지 여쭈어 봐도 될까요? 꼭 찾아뵙고 싶습니다."

2015년 2월 6일 오후 3:27

오후에 또다시 엄청난 간증과 기도문들이 메시지로 들어왔다. 단지 온유의 회복을 위해 기도하는 것을 넘어서, 자신의 기도가 하나님께 전달되려면 먼저 자신의 죄악을 용서받아야 한다는 회개기도 운동이 일어나고 있다.

온유의 의식이 돌아오길 간절히 바라며 정직하게 기도했는데 정작 자신의 영이 죄로 인해 죽어 있는 것을 발견하고 회개한 뒤 회복되는 기적을 경험한 동역자들이 간증을 보내 주신다. 이 귀한 고백의 메시지들을 잊지 않기 위해 남긴다.

"기도하던 중에 저의 죄가 너무 커서 기도할 수가 없었습니다. 그래서 먼저 저의 죄를 고백하기 시작했습니다. 깨끗한 마음으로 온유를 위해 기도하겠습니다. 전도사님! 하나님이 온유 안에서 놀라운 일을 행하실 것을 믿습니다. 무엇보다도 먼저 저를 살게 하신 하나님과 온유에게 감사한 마음 전해요."

"오늘 교회에서 기도원을 다녀왔는데 한 번도 본 적이 없는 전도사님의 귀한 딸 온유 생각에 자꾸 눈물이 나왔습니다. 어제 우연히 페이스북 친구의 글을 통해 온유를 보게 되었고, 이 시기에 온유를 만나게 하신 하나님의 섭리가 놀랍기만 합니다. 어제 온유를 보고, 전도사님의 글과 사역을 보며 가슴을 찢는 통회와 고통이 찾아왔습니다. 제 안의 죄악들을 보게 되었기 때문입니다.

'정직한 기도'

제가 전도사님 글에서 처음 보고 가슴에 새긴 단어입니다. 제 주위 동역자들과 교회 식구들이 너무 쉽게 '기도해 주겠다'고 합니다. 저도 그랬습니다. 저는 실제로 얼마나 정직하게 기도하며 살아왔는지, 저는 예수님의 사람이 맞는지, 누워 있는 온유를 보며 한없이 울었습니다.주님이 누워 계신 것 같습니다. 주님이 주무시고 계신 것 같습니다.

그래서 처음 본 온유를 위해 정직하게 기도해 보려고 합니다. 전도사님을 매일 안아 주시고 온유를 매일 만져 주시는 주님이 참 좋습니다. 어떻게 이러실 수 있는지, 어떻게 이렇게까지 하시는지….

저는 주님을 사랑한다고 말하면서도 실제로는 세상을 사랑하는 존재밖에 안 되는, 답이 없는 사람이기 때문에 주님이 온유를 만나게 하셨나 봅니다. 끝까지 사랑해 주시는 주님을 끝까지 사랑하고 싶습니다. 축복하고 기도합니다.

온유!

일어날 겁니다!

하나님의 빛의 손에 붙들린 온유는 반드시 일어날 겁니다! 두서없는 글, 읽어 주셔서 감사드립니다.

이렇게 용기 내어 적어 봅니다."

어제 아주 가까운 동지인 임우현 목사님이 전화로 "형님, 페이스북 보셨습니까? 지금 온유가 하는 일은 형님과 내가 오랫동안 한 사역보다 더 큰 일로 드러나고 있습니다!"라고 알려 주셨다.

그랬다. 하나님은 가장 순결하게 전할 수 있는 어린아이의 아픔을 통해서 이야기하고 계셨다.

이 글을 쓰는데 눈물이 하염없이 쏟아진다. 생명을 걸고 하나님의 마음을 담대하게 전하는 온유를 생각하니 아비로서 너무 미안하고 안쓰럽지만 너무 고마워서….

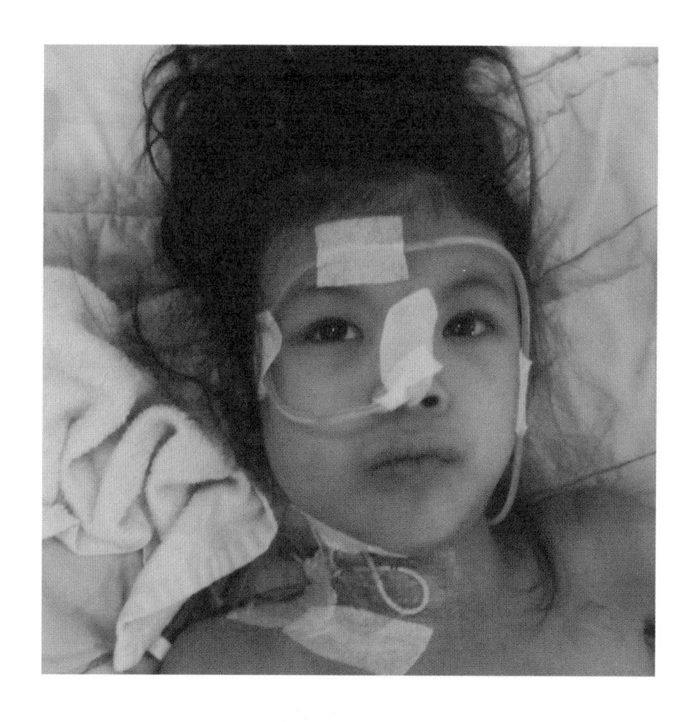

2015년 2월 6일 저녁 7:55

수술 후 배에 찬 가스가 빠지지 않는다.
온유가 배가 많이 탱탱해져 몹시 힘들어한다.
방귀를 뀌지 못해 심각한 상태로 견디고 있다.
우리에게 주어져 있는 자연스러움이 얼마나 큰 하나님의 은혜였던가?
무시하고 부끄러워했던 방귀조차 내게는 간절히 필요한 은혜다.

2015년 2월 6일 밤 9:43

집회에서 만난 나영선, 손인희 부부가 어제 전남 광주에서 올라왔다. 우리 가족을 격려하기 위해 휴가를 내어 1박 2일 일정으로 병원에 온 것이다. 두 손에는 영양제와 먹거리들이 가득했다.

온유가 중환자실 안에 있는 중이라 이 귀한 방문에도 편히 앉아 이야기를 나눌 형편이 되지 못했다. 마땅히 대접도 못하고 그 귀한 섬김을 받기만 했다.

오늘 다시 병원에 오셔서는 아내에게 새 옷을 선물해 주셨다. 사실 아내와 나의 몰골이 말이 아니었다. 외모를 돌볼 마음의 여유가 있을 턱이 없다. 온유를 돌보는 데 도움이 되라고, 몸이라도 여유를 가지라며 부부가 의복을 사온 것이다.

요즘 속울음이 그칠 날이 없다.

온유 때문에 울고, 나누어 주는 지인들의 사랑에 또 운다.

2015년 2월 7일 오후 1:26

온유의 배에 찬 가스가 방귀로 빠져나가도록 기도를 부탁했는데 수간호사였던 필리핀의 박영순 사모님이 "수술 후 움직여서 가스를 빼야하는데 온유가 계속 누워 있어 그러하니 계속 움직이게 하라"고 조언해 주셨다.

현재 온유의 다리는 온통 주삿바늘 자국이며 피부도 검게 바뀌었고, 근육이 사라져 마른 막대기처럼 변했다. 보고 있노라면 가슴이 미어진다. 감히 예수님께 비할 수는 없지만 예수님의 모습이 이러하지 않았을까 생각해 보았다. 이렇게 아파도 신음 하나 내지 못하니 말이다. 온유는 아직도 밤새 잠을 자지 못한다. 그러니 돌보는 아내와 나도 잠을 자지 못한다.

어젯밤과 오늘 새벽은 온유가 발작할 때 박 사모님의 조언대로 온유를 움직여 배에 가스를 배출하는 기회로 삼았다. 평소에는 '제발 발작이 그쳤으면 좋겠다'라고 소원했는데 이번에는 함께 움직이며 가스 배출이 되길 바랐다. 얼마나 열심히 움직였는지 한겨울인데도 윗옷이 땀에 젖었다. 동틀 무렵에는 가스가 어느 정도 빠진 것 같아 크게 안도했다. 온유의 발작은 다른 날과 동일한 좋지 않은 상황이지만 가스가 빠져나가는 기회로 삼으니 힘든 상황에서도 기쁨으로 밤을 샐 수 있었다. 오전 10시가 넘어 아내와 교대를 하고 경남 김해로 이동하기 위해 서울 고속버스터미널로 왔다. 현재 온유는 세 번째 혈장 분리술을 받고 있다. 내 계산으로 오후 2시 30분까지 혈장 분리술을 받게 되니 기도 부탁 문자를 보낸 뒤 버스 안에서 잠자는 것을 포기하고 기도해야 할 것 같다. 한숨도 자지 못한 온유가 견딜 힘이 부족할 테니 기도로 온유 옆에 있어 줘야지.

2015년 2월 7일 밤 11:10

4시간 30분을 이동하여 도착한 김해감천교회에서 두 시간이 넘는 예배 세미나를 마치고 숙소로 돌아오니 그야말로 녹초가 되었다. 그리고 기절한 사람처럼 쓰러져 잤다.

새벽에 일어났다. 육체가 제아무리 피곤해도 이렇게 깬다. 중환자실에서 얻은 습관이다. 오랜만에 여유를 가지고 페이스북의 수많은 메시지를 하나하나 읽었다. 그 중 어느 목사님의 사모님 글이다.

"전도사님, 너무 늦게 메시지 드려서 죄송해요. 다름 아니라 우리 아기가 이제 곧 돌인데요. 저희는 돌잔치를 안 하기로 했습니다. 오래전에 '매달 3만원씩 1년을 모아 돌잔치 대신 아기 이름으로 어딘가 필요한 곳에 드리자'라고 신랑과 얘기한 적이 있어 온유 생각이 났어요. 우리 아가도 이름이 온유거든요. 너무나도 적지만 받아 주셨으면 합니다. 뜬금없이 문자드려서 죄송해요. 저희도 온유의 첫 생일을 전도사님의 온유와 함께 나눌 수 있어서 기쁘고 감사해요♡"

어떻게 이런 마음이 생길까? 평생 한 번밖에 주어지지 않는 첫 아이의 돌잔치 대신 어떻게 이리도 선뜻 헌금해 주실 수 있을까?

이렇듯 우리 가족에게 보내오는 기도는 말로만 하는 인사말이 결코 아니다.

‘우리 가족이 무엇이기에 전 세계에서 이렇게 움직이시나?’

나는 “교회의 도덕과 윤리가 한국 교회에서 무너지고 있다”라고 전하고 다니는 사람들 중에 한 사람이었다. 그러나 이번 일로 하나님의 순결한 백성들이 이 땅 곳곳에 숨어 있음을 보았다.

이제 그들이 하나님의 주권과 다스림을 인정하는 하나님 나라를 점차 확장시켜 갈 것이다. 지금 엄청난 시련 속에서 나는 하나님 나라의 꿈을 꾸고 있다.

2015년 2월 8일 오후 1:13

주일 오전 11시 예배를 마치고 나오는데 김해감천교회의 최현순 집사님이 나를 붙잡고 간증을 하신다.

평생 밭을 매고 일하느라 오른팔이 그렇게 아프셨다고 한다. 침도 맞고 부황도 떠보았지만 소용이 없었다. 사실 어제 시간이 나지 않음에도 불구하고 예배 세미나에 참석하셨는데 들리는 한 말씀 한 말씀을 자신에게 주시는 주의 음성으로 받아들였단다. 그리고 어젯밤, 아파서 들어 올리지도 못하던 팔이 나음을 입은 것을 알고는 내게 감사의 인사를 건네주신다. 실제로 팔을 가뿐히 들어 올리고 돌리기도 하시며 주님의 치유를 찬양하셨다.

주어지는 말씀을 자신의 말씀으로 받아들이는 분들에게 내려주시는 하나님의 놀라운 은혜이다. 최현순 집사님에게 임하시고 일하신 하나님이 우리 온유에게도 임하시고 일하시길 기도한다.

2015년 2월 8일 저녁 7:41

'빨리 서울로 올라가야 한다'는 마음에 그리고 혹시 표가 없을 경우를 대비해 집회를 마치고 상경하는 티켓팅을 미리 해두었다.

처음이다.

돌아올 표를 예매하고 집회를 인도하면 시간에 얽매이기 때문에 그동안 예매를 한 적이 한 번도 없었다. 그런데 오늘은 어쩔 수가 없다. 잠시 집에 들러 병원으로 가면 밤 12시가 된다.

오늘 내려간 김해는 내 고향이다. 내 부모님과 어릴 적 교회 친구들이 지금까지 거주하는 곳이기도 하다. 담임목사님의 소개를 받고 강단으로 나가 회중들을 보니 낯익은 사람들이 보인다. 고향 친구들이 응원하러 왔다. 어제는 고향 교회 친구 광석이가 나를 보러 숙소까지 와주었는데 오늘은 동일이와 미경 부부, 호환이와 영은 부부, 그리고 숙경이가 왔다. 시련 속에 있는 친구를 격려하고 응원하기 위해 1시간을 운전해서 왔다고 한다.

약 1시간 20분 집회 시간 내내 눈물이 가득했다. 성도님들은 내가 나누는 간증에 함께 울어 주시고 강력히 선포한 복음에 마음을 열고 받아 주셨다. 특별히 연로한 어르신들이 많이 모인 지방 교회였지만, 그분들 얼굴에 흐르는 눈물은 그 어떤 박수와 함성보다도 내게 큰 위로가 되었다. 겨우 찬양 다섯 곡을 불렀으나 얼마나 꽉 찬 예배였는지 내 영은 안다. 가사 한마디 한마디에 내 모든 감사와 절규와 신뢰가 담겼고, 한순간도 하나님에게서 눈을 떼지 않으려 간절히 집중했다. 하나님의 임재하심을 떨며 느꼈고 그 무거운 영광 속에서 깃털같이 가벼운 자유를 누렸다.

어느새 시간이 많이 흘렀다. 집회를 마치고 친구들의 배려로 부랴부랴 터미널로 왔고 간발의 차이로 버스에 올랐다. 친구들의 도움이 없었더라면 서울행 버스는 놓쳤을 것이다. 자리에 앉아 천사로 찾아온 친구들에게 감사했고 천사들을 보내 주신 하나님께 감사했다.

오늘 온유를 만난다. 아내에게 발작의 강도가 더 심해졌다는 걱정스런 상태만 계속 전해 듣고 있지만, 어젯밤에 보지 못한 내 딸 온유가 뼈에 사무치도록 그립다.

2015년 2월 8일 한밤중 12:13

경남 사역을 마치고 자정에 병원에 돌아와 아내와 교대했다. 아내로 부터 오랜만에 기쁜 소식을 들었다. "뻥" 하고 큰소리를 내면서 방귀를 뀌고 난 뒤, 그렇게 온유를 힘들게 하던 복부의 가스가 다 빠져 나갔다고 한다. 할렐루야!

의술로도 어찌하지 못하던 문제를 해결하는 열쇠는 바로 기도였다. 나는 이 기쁜 소식을 정직하게 기도해 주신 동역자들에게 알려드리려고 실례를 무릅쓰고 한밤중에 문자를 보냈다.

> "온유가 방귀를 뻥 하고 꼈답니다. 정직한 기도에 너무너무 고맙습니다. 우리 주님께서 여러분의 노고를 기억하실 겁니다. 정직한 기도는 이렇게 엄청나답니다."

이런 반가운 소식과 함께 온유를 이틀 만에 본다는 즐거움에 육신은 파김치가 되었어도 오늘도 가뿐히 견뎌 내고 말 것이다

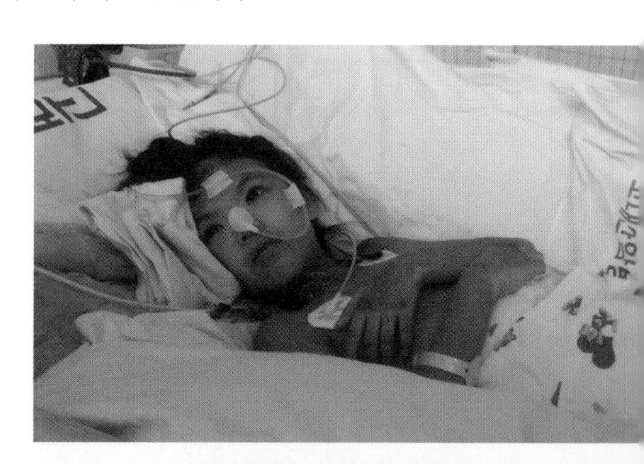

2015년 2월 9일 밤 10:21

밤늦게 자신의 월급을 전해 온 천사를 비롯한 여러분이 다녀가셨다. 기껏 15분 정도 만나려고 멀리 전남 광주에서 오신 부림교회 한이호 목사님과 성도님들, 선후배 찬양사역자님들로 감동이 그치지 않는다. 전국 각지에서 연락을 주시고 후원금을 보내 주신다.

도대체 이게 뭔지 모르겠다.

눈물 가득 묻어 있는 손 편지들, 자신의 생활비를 떼어 보내 주신 후원에 몸 둘 바를 모르겠다. 그 정직한 기도와 후원에 온유가 반응하는 것 같다.

조금 전 온유는 기저귀를 차고 있음에도 불구하고 두 겹의 침대보와 이불을 다 적시는 용변을 보았다. 간호사님들도 다들 "대박! 대박!" 이라며 좋아서 탄성을 지르신다. 3일이 지나도 나오지 않던 용변을 시원하게 배출해 낸 온유에게 임한 은혜는 동역자들의 사랑과 정직한 기도의 결실이다.

오늘 네 번째 혈장 분리술을 했다. 온유의 상태에는 어떤 나아짐도 없다. 기도하면서 문득 '온유가 평생 이렇게 무의식으로 지낸다 해도 이것이 내게 주어진 하나님의 계획이라면 나는 온유를 섬길 것이다. 내 기도에 완치라는 응답을 주시지 않는다 해도 감사함으로 받아들이겠다'는 무거운 고백을 했다.

현재 받고 있는 하나님과 동역자들의 황홀한 사랑만으로 충분히 응답을 받았다는 감격이 너무 큰 것일까?

오늘도 밤새워 온유의 고열과 발작과 싸우며 뜬눈으로 보내겠지만, 결코 외로운 싸움이 아님을 확신하며 기쁨으로 맞이한다.

2015년 2월 10일 밤에서 새벽으로 12:07

주께서 인생으로 고생하게 하시며 근심하게 하심은 본심이 아니시로다(애 3:33)

하나님의 본심을 알아가는 시간은 때로 사망의 음침한 골짜기를 지나는 것같이 심히 고통스럽다. 하나님의 마음은 시간이 지나면 드러날 것이니 지금 내가 해야 할 것은 단순히 그분을 신뢰하여 낙망하지 말고 본심을 보이실 그분을 미리 찬양하는 것이리라.

밤을 넘어 새벽으로 건너가는 깊은 침묵의 시간에 찬송으로 중환자실을 채운다.

2015년 2월 10일 오후 12:05

온유가 의식을 잃은 지 20일이 지나고 있다.

하나님은 시련과 고통이란 도구로

나를 엄밀하게 훑어(scan)보고 계신다.

나는 진정 어떤 사람이었을까?

2015년 2월 11일 오전 10:50

온유와 함께 밤을 하얗게 새우고 아내와 교대를 했다.

중환자실은 이제 우리 부부의 집이 되었다. 일주일이면 퇴원할 줄 알았던 병이 한 달이 되도록 호전은 없고 긴박감만 더해진다. 그래도 긴박감이 더한 만큼 수많은 정직한 기도자들도 늘어나니 상황을 넘어서는 소망을 본다.

어제는 혈장 분리술을 하기 위해 온유의 쇄골 쪽에 아주 길고 큰 바늘을 꽂아 놓았는데 심장 근처까지 가는 바늘이라 주의하고 있었다. 그런데 그것이 튀어 나왔다. 설상가상으로 주사액도 새 버렸다. 순식간에 일어난 온유의 격렬한 발작 때문이다.

네 번의 혈장 분리술을 했지만 아직 눈에 띄는 진전이 없어 남아 있는 세 번의 혈장 분리술을 계속 진행할지, 아니면 다른 방법을 찾아야 할지 결정을 해야 했다. 다른 방법은 아주 비싼 주사약인데 혈장 분리술이 치료에 도움이 되지 못하면 사용하는 거의 마지막 방법이라고 한다. 이것도 치료에 대한 확신은 주지 못한다고 전해 들었다.

이 상황에서 아내의 지인들이 소아 전문 중환자실이 있는 서울대학교병원으로 옮기라는 조언을 다시 하기 시작했다. 이 부분에 대해서는 고려대학교병원에서 치료 받기로 이미 결정했지만, 제자리걸음하는 것처럼 아무런 변화가 없으니 혼란스럽다.

어제 병원으로 들어가면서 “하나님의 방법이 무엇인지 알려달라고, 사람의 방법 말고 하나님이 준비하신 방법이 무엇인지 알려주시면 무엇이든 따르겠다"고 간절히 기도했다.

시편 말씀이 생각난다.

> 악인은 그렇지 않음이여,
> 오직 바람에 나는 겨와 같도다(시 1:4)

말씀에 대한 확실한 믿음이 없는 사람들은 바람처럼 불어오는 주위 사람들의 말에 겨와 같이 흔들리는 것이니, 악인처럼 그리하면 안 되겠다는 마음이 들었다. 그리고 이미 내게 주어진 말씀을 붙들고 마음을 정하는 것이 하나님의 방법이겠다 싶어 시편 11편 1절의 말씀 "내가 여호와께 이미 피했거늘"을 붙잡고 아내에게 들려주신 "서울대학교병원이든 고려대학교 병원이든 어디든 주께서 살리실 텐데 왜 그리 흔들리느냐"는 말씀에 마음을 확정했다.

평안한 마음으로 아내와 결론을 내렸다. 회진 오신 교수님 의견을 존중해서 계속 이 병원에서 치료를 받기로 하고, 세 번 남은 혈장 분리술도 끝까지 받기로 했다.

온유는 다시 수술실로 들어갔다. 왼쪽 가슴에서 빠져 버린 큰 바늘을 반대편 쇄골 쪽으로 다시 꽂기 위해서다. 그리고 12시가 좀 넘으면 다섯 번째 혈장 분리술의 강행군을 한다. 아침에 그 어려운 혈장 분리술을 네 번이나 받은 온유를 의사들이 마구 칭찬했다.

"이 어린 아이가 혈장 분리술을 어찌 이렇게 잘 견딜 수 있지?" 염려했던 부작용이 아직 생기지 않는 걸 보면 참 대단하다고 하신다. 하지만 나는 그 이유를 안다.

수많은 분의 정직한 기도가 예수님이 치유의 손으로 온유를 만지시도록 만들고 있다는 사실을 나는 잘 알고 있다.

2015년 2월 11일 오후 12:17

문제가 생겼다. 반대편 쇄골에 꽂은 큰 바늘이 너무 아파 의식도 없는 온유의 몸이 많이 움직거렸다. 얼마나 아팠으면 의식 없는 몸이 움직였을까?

현재 피가 스멀스멀 나오고 있는데 지혈 외에는 방법이 없다고 한다. 조금 있으면 혈장 분리술을 받아야 하는데 주님의 도우심이 필요하다.

아, 진짜 한순간도 기도하지 않으면 살 수 없는 인생이 바로 여기에 있구나!

2015년 2월 11일 오후 1:59

지혈은 어느 정도 된 것 같다. 담당교수님이 오시면 상태가 어떤지 확실히 알 수 있을 것 같다. 기도해 주신 분들에게 너무 죄송한 마음이 든다. 희망의 소식을 전해드려야 하는데 늘 고통스런 상황을 전하며 걱정만 끼치는 것 같다. 확실한 호전을 바라며 기도해 주시는 분들의 마음이 우울해지지 않기를 기도한다.

2015년 2월 12일 새벽 5:40

새벽 3시, 온유랑 말씀을 읽는데 "고난당한 것이 내게 유익이라 이로 말미암아 내가 주의 율례들을 배우게 되었나이다"(시 119:71)라는 말씀이 내 가슴을 친다.

온유가 사경을 헤매는 상황 앞에서 진짜 내 모습을 돌아보게 하신 하나님을 묵상하게 된다. 이 고난이 아니었더라면 나는 결코 회개하지 않는 뻔뻔한 종교인으로 살았을 것이다.

주의 손이 나를 만들고 세우셨사오니
내가 깨달아 주의 계명들을 배우게 하소서(시 119:73)

하나님의 손이 온유를 치유하시기 전에 먼저 나를 다시 만드신다. 나를 사역자로 세워 사용하시든 그렇지 않으시든 그것은 토기장이인 하나님의 결정에 달린 것이다. 비록 자격 미달로 나를 사역자로 세우지 않으신다 해도 나는 계속 주의 계명을 배우고 깨달아 실천할 것이다. 잘 포장된 나 자신을 무너뜨린 온유의 사건이 내겐 그저 특별한 은혜이다. 오늘도 새벽을 하얗게 지새우면서 그분의 손을 통해 새로이 만들어져 간다.

2015년 2월 13일 오후 12:10

어젯밤 그리고 오늘 새벽까지 온유의 심한 발작으로 힘든 씨름을 하며 보냈지만 믿음을 증명하며 잘 견뎌 냈다. 그리고 병원 구내식당에서 17시간 만에 편안하게 식사를 한다. 이제 이런 삶이 대수롭지 않게 여겨진다.

어제처럼 온유의 눈이 갑자기 돌아가고 숨쉬기를 어려워하고 몸이 굳어 버릴 때면 당황스럽기도 하지만 의연한 태도로 받아들일 수 있는 이유는 중환자실에 머물면서 '믿음은 암기하는 것이 아니라 증명되어야 하는 것'이라는 학습 효과 때문이다.

우리는 제자훈련을 통해 "하나님은 사랑이시다, 하나님은 선하시다, 하나님은 언제나 좋으신 분이다"라고 주님의 성품을 암기한다. 이렇게 암기한 내용을 믿음이라고 여긴다. 그런데 그렇게 신뢰해 온 하나님이 원수같이 우리를 다루실 때 혹은 가혹한 형벌을 가하는 분처럼 다가오실 때, 우리가 노래해 왔고 그려왔던 언제나 좋으신 하나님의 모습은 깨지고 만다. 우리 인생을 마음대로 장난치듯 다루시는 것처럼 느낄 때 암기된 믿음은 깨지는 것이다. 이처럼 암기된 믿음은 "내가 믿어 온 하나님은 이런 분이 아니었어!"라고 울부짖게 하며 결국 배교하게 만든다.

믿음은 반복 훈련을 통해 암기되는 것이 아니라 내 믿음이 어떠한지 증명하면서 얻는 것이다. 이것을 중환자실에서 신음조차 하지 못하는 사랑하는 딸 온유의 참혹한 모습을 통해 배웠다. 온유에 대한 일로 하나님께 조금이라도 불신하는 죄를 짓지 않고 오히려 하나님께 나의 믿음을 보이려고 계속 몸부림쳐왔다.

온유에게 반복되는 극한의 상황에 익숙해진 것이 아니라 어느새 내 믿음이 이전보다 굳건해진 것이 어젯밤에도 증명된 것 같아 감사의 고백을 올렸다. 온유도 나도 잘 이겨 낸 밤을 지나오니 점심 식사도 맛있다.

물론 이후에 일어날 더 가혹한 일들 때문에 마음이 연약해지고 이 믿음이 꺾일 수 있겠지만 다시 감사로 일어나 믿음이 동요되지 않도록 견고히 다질 것이다.

2015년 2월 13일 오후 4:38

온유가 조금 전 4시쯤 여섯 번째 혈장 분리술에 들어갔다. 이제 막바지에 이르렀다. 지금까지 힘든 분리술을 담대하게 받아 온 온유가 참으로 대견하다.

이스라엘 민족이 통곡의 벽에 기대어 하나님께 기도했던 것처럼 병원 복도의 벽에 기대어 기도한다. 수없이 같은 내용으로 반복하며 기도했는데도 죽음이 눈앞에서 우는 사자처럼 있음을 알기에 여전히 떨리고 두렵다. 새로 꽂은 쇄골 쪽 큰 주삿바늘이 빠지지 않고 전염되지 않고 잘 견뎌 주길, 그리고 혈장 분리술의 부작용이 일어나지 않길 기도한다.

이른 아침에 온유는 나와 약속했다.

오늘도 혈장 분리술 잘 받겠다고….

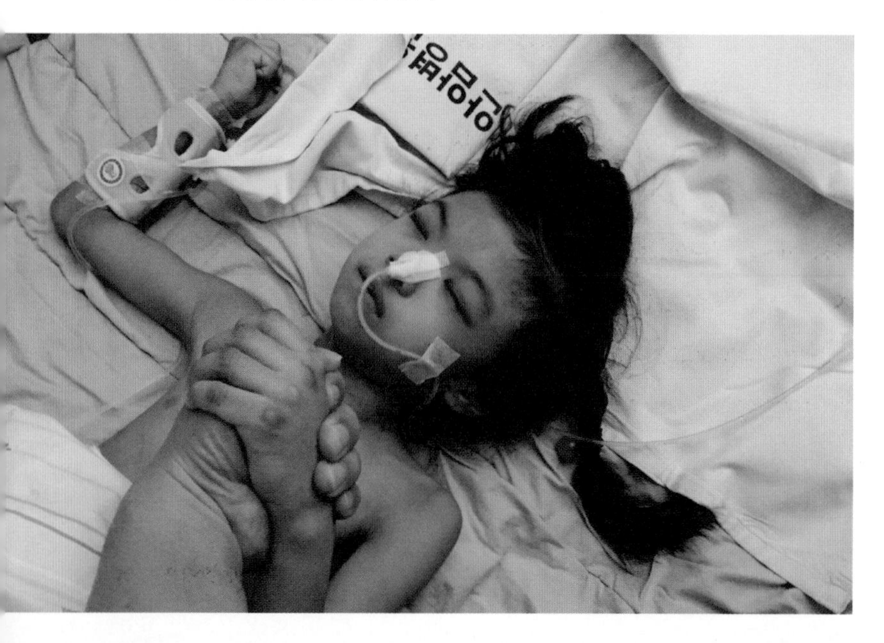

2015년 2월 14일 오후 1:33

온유는 또 한 번 잘 이겨 냈다. 아내와 교대하며 중환자실에 들어갔더니 수혈을 받고 있었다. 그래도 얼마나 아름다운 용사 같던지 눈감고 있는 온유에게 얼마나 많은 분이 온유를 위해 정직하고 신실하게 기도하고 있는지를 알려 주며 거칠어진 뺨에 뽀뽀를 했다. 그리고 또 온유와 함께 밤을 꼬박 새우고 이른 아침에 CTS 방송국으로 갔다.

CTS의 선교 프로그램인 『7000 미라클』에서 사회자 김상복 총장님, 신은경 권사님과 온유와 우리 가족 영상을 보는데 삐져나오는 눈물을 닦아내느라 고생했다. 바로 지금 겪고 있는 딸아이의 아픔과 우리 가족을 지독히 사랑하시는 주님의 사랑이 겹쳐져 뼈에 사무쳐 터지는 울음이 새어 나왔다.

방송을 마치고 김상복 총장님과 인사를 나누었다. 총장님이 눈물 맺힌 눈으로 살짝 안아 주셨다. 내가 졸업한 횃불트리니티신학대학원의 총장님이기에 더 반갑고 감사했다. 방송 후 다시 병원으로 이동하면서 호주머니에 손을 넣었는데 뭔가 잡히는 게 있었다. 꺼내 보니 10만 원 수표 세 장이 구겨져 있다. 아뿔싸! 아까 김상복 총장님이 안아 주면서 살짝 넣어 주신 것이다. 가던 걸음을 멈추고 하늘을 봤다. 연신 꾹 참았던 눈물이 흘렀다.

이런 것이 사랑이구나!

자랑하지 않고 내세우지 않는 진짜 사랑!

겨울바람을 만난 눈물 때문에 뺨이 얼얼했다. 다시 길을 걷는데 오늘따라 거리가 분주하다. 특히 제과점에 사람이 많다.

"사랑을 고백하는 밸런타인데이구나!"

아내와 온유에게 줄 초콜릿을 샀다.

사랑 고백하려고….

2015년 2월 15일 오전 11:15

밤새 나의 실체에 대해 인정하고 주님께 긍휼을 구했다.

인간이 다다를 수 있는 가장 깊은 고난 속에서 허우적거리다 결국 하나님을 만난 욥이 회개하며 한 말이다.

나는 깨닫지도 못한 일을 말하였고 스스로 알 수도 없고 헤아리기도 어려운 일을 말하였나이다(욥 42:3)

내가 그랬다.

욥의 고백은 나의 실체를 적나라하게 드러내는 바로 나의 고백이기도 하다. 본질적으로 나는 무지한 말로 하나님의 이치를 가렸던 사람이다. 하나님에 대해 깨닫지 못했으면서 아는 척 하며 살았고 도저히 알 수도 추측할 수도 없는 하나님의 마음을 이해한 척 "하나님이 말씀하셨다" 라고 당당히 말하며 살아왔다.

사경을 헤매는 온유 앞에서 하나님께 울부짖고 온 힘을 다해 발작하다 점차 굳어 가는 온유를 안고 나를 부인하자 그제야 하나님의 말씀이 내 심장으로 들어왔다.

이해는커녕 감히 헤아리기조차 어려운 하나님의 섭리를 깨달은 척한 모습들이 떠올랐다. 점쟁이처럼 무당처럼 책임감 없는 말들을 남발했다.

내가 뿌려 놓은 거짓을 스스로 거두어들이고 티끌과 재 가운데에서 회개

(욥 42:6)한 욥기의 말씀을 빌려 밤새 회개했다.

아무리 계산해도 답이 나오지 않고 끝도 보이지 않는 동굴에 갇힌 줄 알았는데 나의 실체를 보게 하시는 말씀 한 구절을 만나니 멀리서 한줄기 빛이 희미하게 보인다. 허기진 배를 채우려고 병원을 나서는데 내 마음을 아시는 듯 따뜻한 햇살로 위로하시는 하나님을 만난다.

"하나님 아버지, 굿모닝입니다!"

2015년 2월 16일 아침 6:32

이른 월요일 아침이다.

오늘 온유는 마지막 일곱 번째 혈장 분리술을 받는다. 조금씩 변화가 보인다. 불과 며칠 전만 하더라도 발작하는 온유를 끌어안고 "하나님, 제발 온유에게 20분이라도 평안하게 잘 수 있도록 해주소서. 저의 소원입니다. 주님, 제발 부탁드립니다!"라고 이를 악물고 울부짖었는데 오늘은 해열제 없이 새벽 2시부터 현재 아침 6시까지 깨지 않고 잔다. 주님이 나와 기도자들이 간구한 기도 내용을 12배 이상 응답해 주셨다. 이런 기적이 주어지는구나! 할렐루야!

누가복음 5장에서 지붕을 뜯고 예수님께 나아가 나음을 입어 주께 영광을 돌리고, 주위 사람들도 하나님께 영광을 돌리게 만든 중풍병자 이야기가 있다. 그 중풍병자에게 침상을 메고 옮겨 준 친구들이 있듯이 하나님께 영광을 돌리는 온유에게는 정직하게 기도해 주는 사람들이 있다.

오전부터 온유는 마지막 혈장 분리술을 받고, 저녁에는 다른 치료 단계로 들어가기 위해 정밀 MRI 검사와 척수 주사를 맞는 스케줄로 긴 하루를 보낸다.

2015년 2월 16일 오전 11:04

아내는 오늘 막내 세빛이의 두레유치원 종업식이라 어제 일찍 집으로 들어갔다가 오늘 늦게 병원에 왔다. 15시간 만에 아내와 교대하고 중환자실을 나왔다. 요즘은 비행기로 미국 가는 시간보다 더 오랜 시간을 환자들의 신음으로 가득한 중환자실의 딱딱한 의자에서 보낸다. 게다가 온유 곁에서 보내는 대부분의 시간은 서 있는다. 고통과 피로를 당연하게 감수하면서 부모는 이래서 부모인가 한다. 어제 잠시 낮잠을 자다가 다리에 쥐가 나서 몇 번이나 깼다.

너무 오래 서서 간호한 영향이다. 그래도 딸이 겪는 고통을 생각하면 이건 별거 아니다.

우리 주님은 우리에게 생명을 내어 주실 때 어떤 생각을 하셨을까? 십자가에서 못에 박히고 창에 찔리는 그 아픔을 겪으시며 자녀인 우리의 아픔을 대신하는 심정으로 "별거 아니다"라고 받아들이셨겠지….

중환자실에서 한 달을 넘기는 지금, 부모와 자녀의 관계를 참 깊게 묵상하게 된다.

2015년 2월 16일 오후 1:24

나의 스승이자 친한 벗인 한상민 교수님이 병문안을 오셨다. 함께 식사를 하던 중에 "3월 8일 주일 스케줄이 어떻습니까?"라고 뜬금없이 물으신다.

"3월 8일은 일정이 비어 있는 것 같아요"라고 말씀드렸더니 갑자기 집회를 부탁하신다.

병문안 오신 분이 왜 이런 부탁을 하시는 걸까?

직접 말씀은 하지 않으셨지만, "시련 속에 있을 때 더 예배해 주세요", "예배하면서 힘을 공급받고 살아 내세요"라는 격려이자 배려라는 생각이 들었다.

그저 와서 손잡아 주며 함께 울어 주는 내 동역자들은 욥의 친구들처럼 하나님 이름을 거들먹거리며 가르치고 훈계하려 들지 않는다.

2015년 2월 16일 오후 4:24

어제 뽑은 온유의 뇌 척수액과 MRI는 다른 전문기관으로 보내 1~2주 후에 결과를 알 수 있다고 한다. 희망적인 결과가 나오길 기도하는 중이다. 오늘은 다음 단계인 항암치료제를 링거로 몸에 넣고 있다.

안타깝게도 부작용이 나타나기 시작한다. 몸에 발진이 보인다. 온유의 몸이 항암치료제를 잘 받아들여 부작용이 생기지 않기를 기도한다. 온유는 정말 눈물겹도록 잘 싸우고 있다.

2015년 2월 17일 오후 4:28

온유가 입원한 이후로 쉬운 날이 하루도 없었다. 그러나 완전히 거꾸러져 낙심한 날도 없었다.

수많은 시간 울부짖었다.

들어줄 분이 계시기에….

낙심은 혼자라고 느낄 때 오는 것이다.

2015년 2월 17일 오후 5:19

조금 전 항암제가 다 들어갔다. 많은 분께 기도를 부탁한 뒤 얼마 안 되어 발진이 가라앉기 시작하더니 항암제 투여를 마칠 때까지 더는 이상 증세가 나타나지 않았다.

끝이 없을 것 같은 어려움들이 꼬리에 꼬리를 물고 달려들지만 수많은 동역자의 기도로 넉넉히 이기고 있음을 인정하지 않을 수 없다. 동시에 우리 가족을 이곳까지 이끌어 인생의 그물에 걸리게 하신 하나님의 의도를 곰곰이 생각하게 된다.

하나님이 한 번의 뜨거운 기도에 응답하시지 않는 데는 이유가 있음을 깨닫는다. 우리에게는 '문제가 해결되는 기도 응답'이 중요하지만 하나님은 '문제를 통해 메시지를 알려 주고 그것을 받아들이는 우리가 변화해 가는 것'을 중요하게 여기신다.

같은 문제이지만 바라보는 시각은 전혀 다를 때가 많지 않은가?우리가 하나님의 시각에 초점을 맞추면 우리가 바라고 기대하는 기도 응답의 결과보다 문제와 시련 너머에 계신 하나님의 의도를 발견하는 기쁨을 누리게 될 것이라는 믿음이 생긴다. 실제로 며칠 전 중환자실에서 밤을 새우고 나오면서 나는 그 기쁨을 누리고 고백했다. "오늘도 사랑하는 딸 온유와 뜬눈으로 사투를 벌이며 힘든 시간을 보낸 것 같지만, 실제로는 사랑하는 딸과 한시도 떨어지지 않고 사랑을 나눈 시간이었다"고….

문제를 보는 내 시각이 이렇게 달라져 있는 것이 바로 기도 응답이다.

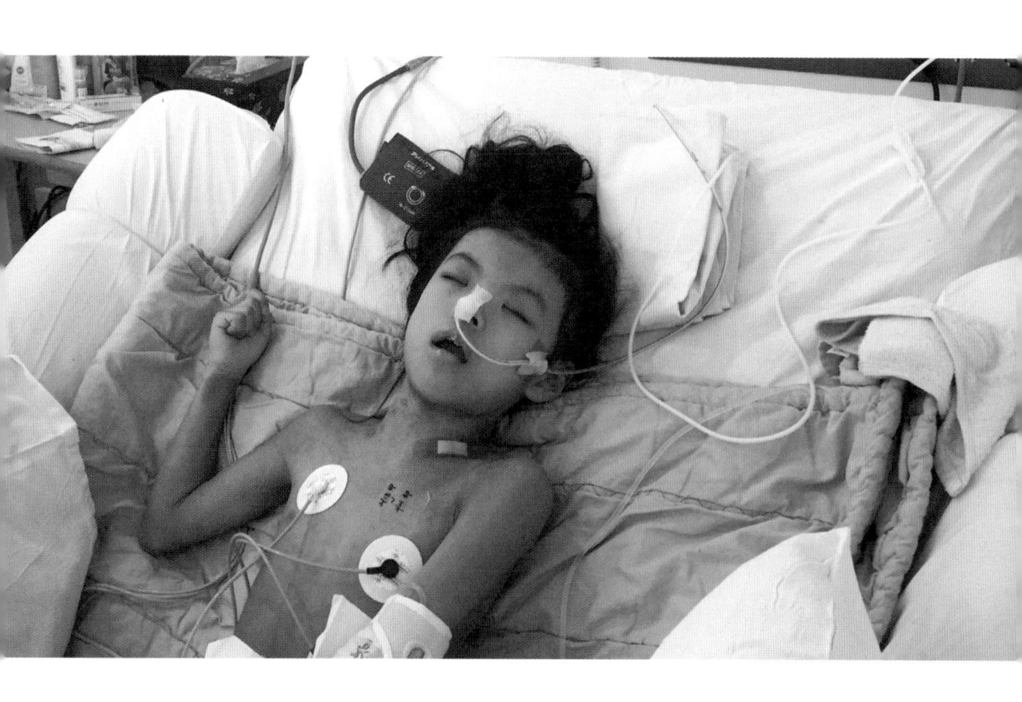

2015년 2월 18일 아침 8:27

새벽에 데스퍼레이트 밴드의 뮤직디렉터인 이지형 형제에게 전화가 왔다. 아침 식사 같이 하자고.

데스퍼레이트 밴드는 나와 함께 사역한 지 8년이 되어 가는 가족 같은 공동체다. 1집부터 3집의 라이브 워십 앨범을 함께 만들었다.

아침 식사로 콩나물 국밥을 먹고 헤어지려는데 지형이가 뭔가를 꺼내 건네준다.

후원금이다. 멤버들이 병원비로 써 달라고 건네준 540만원.

겨울 시즌 사역으로 받은 사례비와 십시일반 모아서 만든 액수란다. 나는 거절했다. 나는 음악에만 몰두하는 그들의 경제적 어려움을 누구보다도 잘 안다. 그렇기에 재정적 문제에 도움을 주지 못하는 나로서는 늘 큰 미안함이 있었다.

"마음은 받겠는데 돈은 받을 수가 없다. 그냥 받은 걸로 할게"라고 정중히 거절했다.

그런데 지형이는 자신이 가진 것의 일부를 떼어 주면 줄어든 돈 때문에 불편할 수 있어도, 자신을 주는 것은 그렇지 않다며 내민 손을 거두지 않았다.

'자신의 것을 준다'는 것이 아니라 '자신을 준다'는 말에 감동해 속으로 울면서 받았다.

배운다. 이렇게 배운다.

이렇게 사랑을 배운다.

얼굴이 달아오를 만큼 부끄럽도록 친절하게 가르치시는 하나님께 배우고, 나보다 동생인 공동체 멤버들에게서 배운다.

2015년 2월 18일 오후 3:15

설 연휴란다.

밤을 새우고 병원을 나설 때도 오늘이 무슨 요일인지 몰랐다. 집으로 돌아와 잠시 잠을 청한 뒤 아내와 통화를 했다. 조금 전 온유가 호스를 통해 코로 영양분을 받아들이다 거의 끝날 무렵 다 토해 버렸다며 속상한 소식을 전해 주었다.

3시간이나 주입한 양이라고 한다.

요 며칠 사이 새로운 기도 제목으로 떠오른 것이 '구토'이다.

온유는 병원에 입원한 후, 거의 3킬로그램이나 빠졌다. 온유는 의식을 잃은 상태이기에 자신의 의지로 음식을 먹지 못한다. 그래서 튜브를 코 안에 삽입해 위장까지 주입해 넣는다. 참으로 고통스러운 작업이다. 그리고 엑스레이(x-ray) 사진을 찍어 튜브가 잘 들어갔는지 확인한다. 코에서 위로 연결된 관으로 고칼로리 액체 영양분을 조금씩 밀어 넣는다. 부담되지 말라고 아주 적은 양을 지속적으로 투입하는 데 거의 네 시간이 걸린다. 아침 8시에 식사를 하게 되면 12시에 끝난다. 그리고 잠시 쉬었다가 점심 식사를 한다. 끊임없이 영양분을 넣어 주어야 하는 온유를 보고 있노라면 정말 가슴이 찢어진다.

그런데 우리를 참으로 어렵게 만드는 '구토'라는 괴로운 복병이 등장했다. 이렇게 힘들게 식사를 하고서 한 번씩 구토를 하면 모든 것이 허사가 되어 버린다. 처음부터 다시 반복해야 한다.

어제는 무의식인 온유가 구토한 후 어떤 감정 표현을 하는 것 같았다. 눈가에 눈물이 고이더니 흘러내렸다. 온유가 울고 있었다.

얼마나 힘들었으면 의식 없는 아이가 눈물을 흘릴까….

만감이 교차되어 꼬옥 안아 주었다.

설 연휴, 가족에 대한 사랑으로 채운다.

비록 함께 모여 웃으며 즐겁게 보내는 시간은 아니지만, 그 어느 때보다 가족을 생각하고 사랑하는 시간이다. 그래서 결코 잊지 못할 설 연휴가 지나가고 있다.

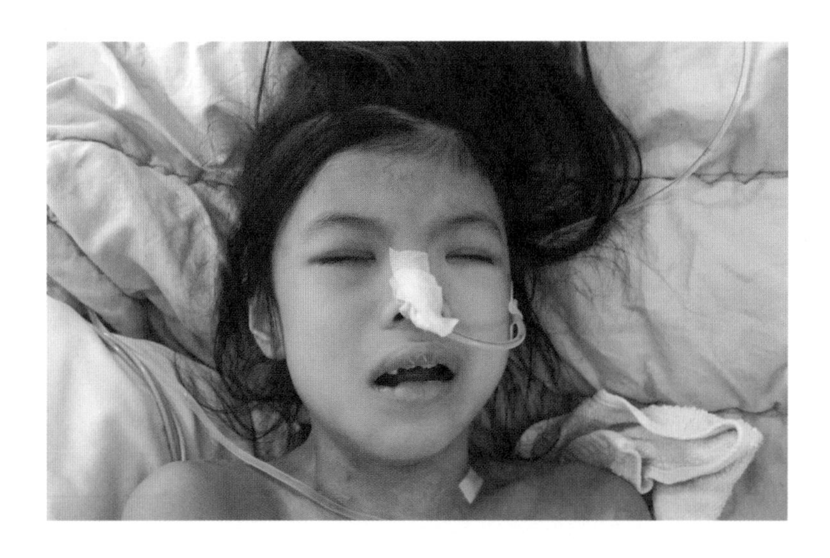

2015년 2월 19일 오후 2:28

오후에 병원 앞 찜질방에 들렀다. 잠깐이라도 잠을 자야 밤새 온유를 돌볼 수 있다.

비상시에 일어나야 하기에 핸드폰을 머리 옆에 두고 자는데 전화가 왔다. 의리의 대명사 박종현 전도사님이다. 잠시 들르겠단다. 내가 현재 병원에 없다고 하니 아내만 만나겠단다.

알고 보니 설날 음식을 준비해 온 것이다. 나 참, 이런 분을 봤나? 잠시 씻고 후다닥 병원으로 왔더니 아내에게 건네준 음식만 덩그러니 놓여 있다.

병원 내 편의점에 가서 그 사랑을 먹었다.

밥 먹다가 목이 멘다.

식사를 막 끝내려는데 페이스북에서 알게 된 라엘 자매님이 지인과 함께 병원에 와 있다고 문자를 주셨다. 한 번도 만난 적도 교제한 적도 없는데 기도해 주러 왔단다. 면회 시간이 아니라 중환자실에 들어갈 수 없어 복도에서 함께 기도하다가 깜짝 놀랐다.

기도 내용이 우리 상황을 어찌 이리 상세하게 아시는지, '진짜 정직하게 기도하고 계셨구나' 하는 마음에 코끝이 찡했다. 그리고 건네준 후원금 편지봉투에 쓰여 있는 정성스러운 글은 오늘도 온유와 밤새 견뎌 낼 수 있는 힘을 준다.

상황은 너무나 우울하고 슬퍼 보이지만 실제로는 이런 설날을 보내게 하시는 하나님을 찬양하고 싶다.

진짜 그리스도인은 진짜 감동이다.

이런 진짜 그리스도인들이 세상을 감동시키고 변화시켜 가고 있으니, 나도 진짜 그리스도인으로 살아 낼 것이다.

현재 내가 속해 있는 세상, 병원에서부터!

2015년 2월 19일 밤 10:45

정직하게 기도하시는 분들이 온유의 상태를 계속 물어 오신다.

일곱 번에 걸친 혈장 분리술을 마친 온유는 항암제를 투여 중이다. 암세포를 죽이기 위해 항암제를 사용하듯이 혈액에 섞여 자기 몸을 공격하는 항체를 죽이기 위해 항암제를 쓰고 있다. 하지만 약이 너무 독해 온유의 몸 상태가 그리 좋지는 않다.

요 며칠 온유의 큰 기도 제목은 구토 없는 식사였는데 이제는 기침까지 합류했다. 온유는 코로 영양분을 섭취한다. 그 와중에 입안에는 침이 차오른다. 침이 차면 삼키지 못하여 기침을 하게 되고 그렇게 되면 먹던 영양분들을 토해 내고 만다.

그래서 아내와 나는 코로 영양분이 공급되는 세 시간 동안 온유에게서 한시도 눈을 뗄 수 없다. 침이 조금이라도 차오르려 하면 흡입관을 사용하여 즉시 뽑아 내야 하고 기침할 기미가 보이면 바로 영양분 공급 링거 밸브를 잠가야 한다. 긴장감이 극도로 높아져 있다. 온유의 식사가 끝나면 그제야 뭉쳐진 근육의 아픔을 느낄 정도로 집중해야 한다.

네 시간마다 영양분을 공급하는 데 소요되는 시간은 두 시간이 넘는다. 나와 아내도 그리고 온유도 쉴 여유가 거의 없다. 그래서 밤에는 정말 한숨도 자지 못한다. 잠깐이라도 졸면 입에 침이 고이고 그 침으로 인해 기침을 해 정성을 다해 먹인 영양분을 토해 버리니 말이다. 아까 오후에도 거의 다 먹였는데 막판에 기침으로 토해 내 세 시간의 노력이 허사가 되었다.

식사를 잘하는 것이 얼마나 큰 은혜인지 모른다. 자연스러운 생활 그 자체가 정말 큰 은혜임을 부인할 수 없다. 그러니 일상 속에서 감사할 게 얼마나 많은가?

산 넘어 산이 나오는 것 같은 고난의 연속이지만, 아내와 내가 온유를 불평 없이 기쁨으로 돌볼 수 있는 것이 은혜이고 온유가 잘 견디어 주는 것도 은혜이다. 또한 온유가 한 끼를 토하지 않고 잘 먹으면 그게 얼마나 감사한지 찬양이 절로 나온다.

이 모든 것이 수많은 사람의 정직한 기도와 그 기도를 들으시는예수님이 합력해서 만들어 내는 기쁨이다. 사실 온유가 완전히 낫는 것이 기도 응답이지만, 우리에게는 과정 하나하나를 통해 은혜를 깨닫는 것이 더 큰 응답이라고 생각한다.

이것이 정직한 기도의 신비이다.

기도는 '하나님의 선하신 맛'을 본 사람이 한다고 알고 있다.

시편 34편의 표제는 <다윗이 아비멜렉 앞에서 미친 체하다가 쫓겨나서 지은 시>라고 되어 있다. 가장 비참한 상황에 놓여 있는 다윗이 8절에 "너희는 여호와의 선하심을 맛보아 알지어다 그에게 피하는 자는 복이 있도다"라고 하나님으로부터 오는 행복을 고백하고 있다.

나에게도 가장 비참하고 곤혹스러운 시련 속에서 다윗과 동일한 복을 고백할 수 있게 만드는 것은 여호와께 피하는 기도임을 확신한다. 온유와 우리 가족 그리고 정직하게 기도해 주시는 모든 분이 이 행복을 고백하도록 서로를 위한 기도를 멈추지 않을 것이다.

2015년 2월 20일 새벽 4:23

새벽 4시.

다시 코를 통해 위까지 연결되어 있는 관으로 경관식이 투여된다. 최고조의 긴장감이 나를 휘감고 있다. 바로 전에 네 시간여의 식사 공급이 거의 끝날 무렵 온유가 기침을 심하게 하다 위의 영양분을 다 토해 버렸다.

온유야, 아빠가 네게 왜 이리 미안하지?

우리 다시 해보자. 아빠가 한눈팔지 않고 기도할게.

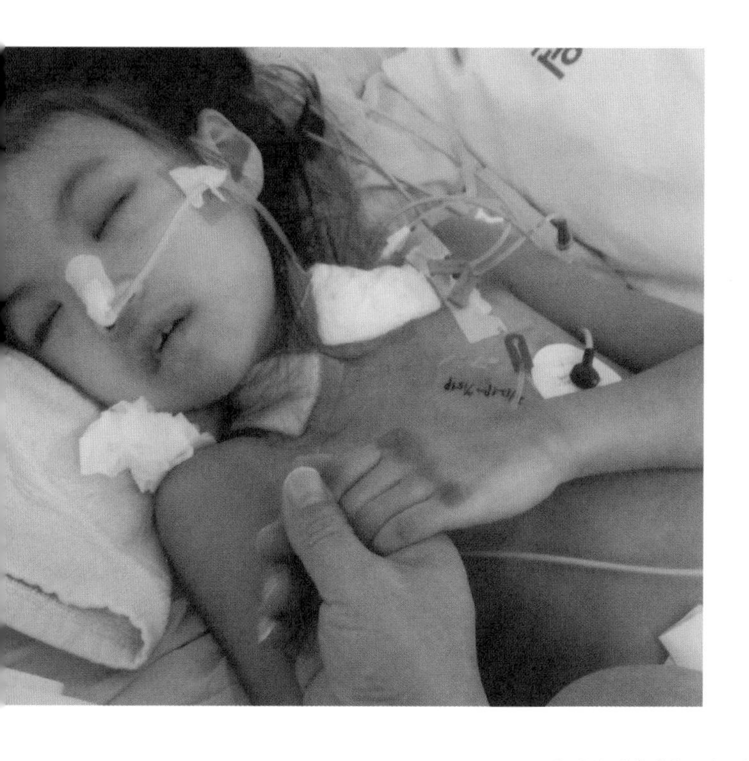

2015년 2월 20일 오후 1:45

삶과 죽음의 경계선을 확실히 본 사람만이 이 땅에 대한 미련의 발을 떼고 천국에 마음을 두고 사는 것 같다. 진짜 믿음은 매일매일 주님이 계신 천국을 더욱 그리워하게 만들며, 그 진짜 믿음은 이 땅에서 취한 소유를 모두 팔아 천국에 가는 좁은 길을 선택하게 한다.

그런데 "내게 천국이 있다"고 생각하며 믿는다고 하면서도 실제로는 천국이 없는 것처럼 살고 있지는 않는가? 조금이라도 이 땅의 삶을 더 누리려고 바동거리지 않는가?

중환자실에서 한 달 이상을 보내면서 많은 사람의 죽음을 지켜보았다. 삶과 죽음의 경계선을 확실히 본 나는, 땅의 것에 만족하며 땅의 것을 위해 살 수 없다.

장막 같은 이 세상을 떠나면 곧 서게 될 천국 문 앞, 나를 기다리고 계신 주님이 내 인생에 대해 반드시 계수하실 텐데….

나는 그리 살 수 없다. 결코 이 땅의 삶이 전부가 아니다.

2015년 2월 22일 아침 6:23

한 달 넘게 거주한 중환자실에서 일반 병동으로 옮기기로 결정했다. 온유의 상태가 진전되어 옮기는 것이 아니다. 일반 병동으로 옮겨 중환자실에서 받아 온 항암제 투여를 계속하면서 다음 단계의 항체 억제 치료도 진행해 나갈 것이다. 간호사들의 반복되는 치료 패턴을 눈여겨보아 왔고 아내와 나도 매일 밤을 새우며 몸으로 익힌 나름대로의 방법도 가지고 있기에 예상치 못한 힘든 일이 있을지라도 온유에게는 일반 병동이 맞겠다 싶었다. 여러 모로 고민한 끝에 병실을 옮겼다.

하지만 막상 일반 병동에서의 시작은 울부짖음과 후회로 뒤덮였다. 간호사들이 해주던 약 조제부터 영양분 투입을 위해 주사기와 호스를 사용하는 것, 코로 들어가는 식사를 먹이는 일 등 생각보다 낯선 간호로 눈앞이 캄캄했다. 서투른 처치들을 직접 하면서 힘든 우리만큼이나 온유도 변화된 환경에 몹시 힘들어했다.

우리의 잘못된 판단으로 온유가 힘들어한다고 생각하니 가슴이 미어졌다. 그렇지만 아내와 나는 이전보다 더 열심히 수고로운 과정을 익히고 애쓰며 간호에 임했다.

중환자실에는 아내와 내가 각각 들어가 간호했지만, 일반 병동에서는 긴 밤을 온유 곁에서 부부가 함께 보낼 수 있어 감사한 반전을 얻었다. 서로를 응원하며 견뎌 내니 오히려 낙망한 영혼에 찬송이 흘렀다. 그리고 소리 내어 읽는 성경 말씀은 책에만 쓰여 있는 죽은 글이 아니라 삶 속에서 우리를 일으키는 살아 있는 말씀임을 또다시 경험했다.

주일 아침이다.

오늘도 우리는 어찌해야 할지 모르며 아침을 시작한다. 하지만 하나님이 우리의 나아갈 바를 인도하신다고 약속하셨으니 그 말씀을 믿고 새 하루를 시작한다.

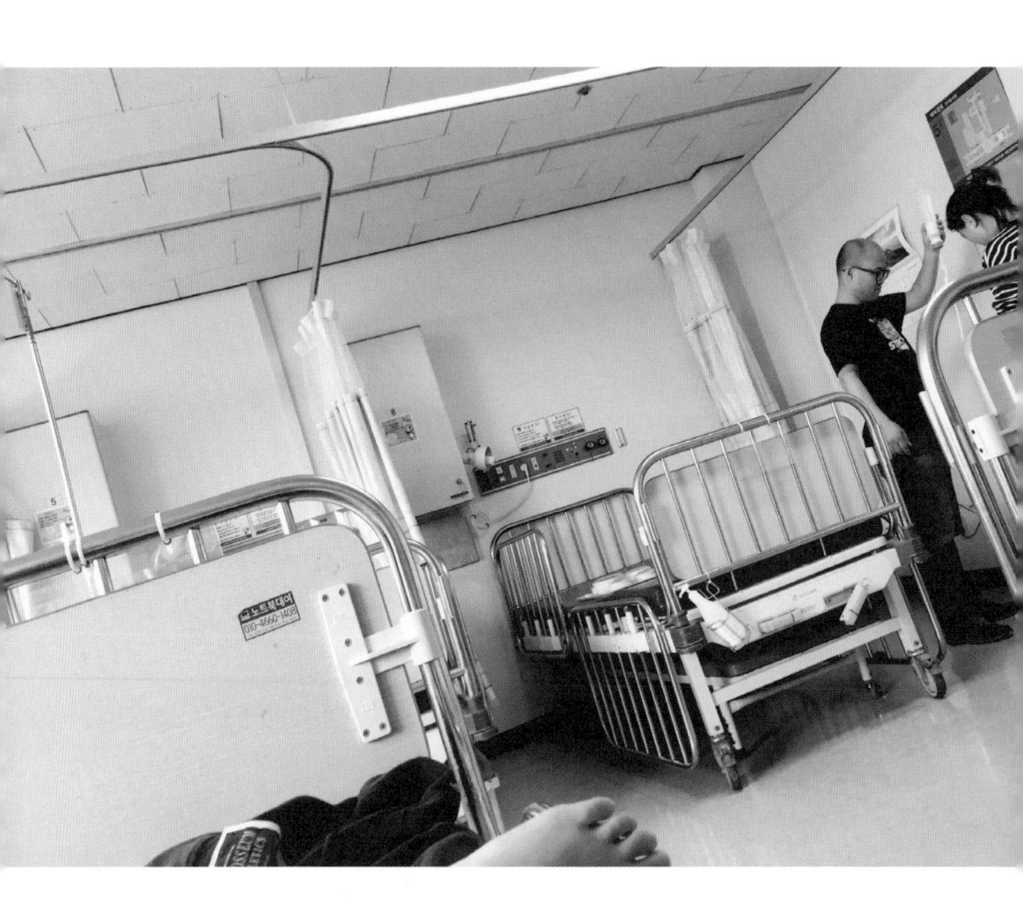

2015년 2월 22일 오전 10:23

집회가 있어 아내와 온유 그리고 병원을 방문한 이슬이와 세빛이를 두고 외출했다. 익숙하지 못한 일반 병동에서 힘든 간호를 아내에게 전부 맡기고 병원을 나오니 미안한 마음이 가득하다.

오늘은 아산에 있는 동천교회 중고등부 1박 2일 집회를 인도한다. 도착해서 잠시 쉬며 마음을 정리한다.

이들에게 구원의 기쁨이 얼마나 엄청난 것인지, 주님과 동행하는 즐거움이 어떤 것인지, 예배가 얼마나 실제적인지를 분명하게 전하고자 한다. 삶 속에서 보고 듣고 경험한 은혜의 메시지를 가감 없이 흘려보내려 한다.

성령의 거듭남은 가치관의 변화이고 삶의 변화이다. 예배는 하나님이 임재하시는 시간이며 하나님을 만나는 시간이다. 하나님을 만난 사람들은 모두가 변했다. 그래서 예배는 사람의 가치관이 변하는 시간이고 사람이 변하는 시간이다.

사망의 음침한 골짜기에서 나와 동행해 주시고 나를 바꾸어 가시는 하나님을 나눌 것이다. 참석하는 청소년들도 동일한 경험을 누리기를 소망한다.

집회 시간을 앞두고 잠시의 여유 시간에 "온유가 코로 식사를 하고 있다"는 아내의 전화를 받고는 딸이 제발 기침과 구토 없이 잘 소화하기만을 간절히 기도한다.

2015년 2월 23일 오전 9:23

이른 아침, 아내에게서 전화가 왔다. 무척 힘든 밤을 보냈다고 한다. 온유가 계속되는 강직으로 심하게 움직이다 결국 코를 통해 위에 연결되어 있는 관을 스스로 빼버렸단다. 이걸 다시 끼우려면 주치의가 와야 하고 관이 위까지 잘 들어갔는지 엑스레이도 찍어야 한다. 계속 기침을 하니 영양분 공급도 무척 어려웠단다. 파도처럼 계속 몰려오는 사건들 때문에 뜬눈으로 보냈다는 아내의 이야기를 듣는데 너무 미안해 당장이라도 올라가고 싶었다.

오전 예배 강의가 있는지라 움직이지 못하는 내가 할 수 있는 것은 최선을 다해 사역에 임하는 것과 절박한 기도밖에 없다.

한계를 느끼기에 하나님이 필요하다.

2015년 2월 23일 깊은 밤 11:57

아산 동천교회 중고등부 수련회에서 집회와 예배 세미나로 이틀을 섬겼다. 정말 힘들게 온 집회였다. 아내가 온유의 강직과 고열로 밤새 잠을 한숨도 자지 못했다는 사실을 전화로 들으며 온 집회였기에 난 죽을 각오로 집회에 임했다.

정말 큰 대가를 치르고 온 집회였기에 결코 이전의 경험과 익숙한 레퍼토리, 안일한 생각으로 임할 수가 없었다. 그야말로 혼신의 힘을 다했다.

그리고 집회가 끝나자마자 KTX를 타고 온유가 있는 병원으로 달려왔다. 도착하니 피곤에 지친 아내는 온유가 뇌파 검사를 받고 있는 곳에 있었다. 이어지는 심장혈검사로 분주하게 움직이며 아내를 도왔다. 쉴 겨를이 없었다. 아니, 아내와 온유에게 미안한 마음이 앞섰기에 나 자신의 피곤함은 잊고 열심히 움직였다.

모든 검사를 마치고 병실로 돌아와 한숨 돌리는 중에 동천교회 학생들이 보내 준 귀한 문자들을 보았다.

흔히 요즘 청소년들을 평하는 말들이 있다.

"중고등학생들은 반응 없는 벽 같다", "그들은 무반응의 최강자다", "말씀을 전해도 집중하지 않고 핸드폰에 모든 관심이 가 있다", "복음에 무관심한 그들과 함께 예배하는 것이 너무 어렵다" 등.

이 중고등부 학생들에게 "너도 짓고 나도 짓는 죄이니 서로 부담스럽게 언급하지 말자는 통념에서 나와 죄에서 완전히 돌아서는 것 즉, 영적 불편

함을 느끼는 것이 예배의 시작"이라고 전했다.

"죄악은 거룩한 하나님과 공존할 수 없기에 우리가 야동과 게임 중독, 불법 다운로드, 결혼하지 않고 갖는 성관계, 욕설로 가득한 언어생활 등을 정리하지 않으면 하나님과 소통하는 예배에 임할 수가 없다"라고 직설적이고 불편하고 강한 메시지로 그들에게 다가갔다.

그렇게 소리치는 나를 그들이 탐탁히 여기지 않는다 해도, 그들이 코웃음 치며 받아들이지 않는다 해도 그것은 중요하지 않다. 감정만 자극해서 뜻 없는 열정으로 예배케 할 수는 더더욱 없었다. 영적 신경을 무감각하게 만든 죄악을 걷어 내면서 하나님을 경험하는 예배에 나아가도록 그들을 돕는 것이 내게는 무엇보다 중요했다. 이번 수련회에 참석한 한 남학생이 준 문자이다.

"전도사님 안녕하세요. 동천교회 청소년부 학생입니다. 먼저 전도사님께 너무 감사드립니다. 3살 때부터 교회를 다니면서 '나는 예배자겠지, 나는 찬양단 활동도 하니까'라는 마음으로 교회를 다니고 있었습니다. 그런데 전도사님의 말씀을 들으면서 제 삶이 거짓과 죄악으로 덮여 있다는 사실을 깨달았습니다.

'한국 교회는 삶으로 이어지는 예배의 부흥이 아니라 교회 음악의 부흥에 빠져 있다'는 전도사님 말씀을 들었을 때 저의 가슴이 쿵 내려앉았습니다. 왜 찬양을 하고 있는지, 그 본질적인 의미를 언젠가부터 잊고 습관적으로 찬양하며 신앙생활하는 저의 포장된 모습을 보았습니다.

첫날 밤 말씀을 마치고 전도사님이 찬양 인도를 하실 때 저는 진짜 난생 처음으로 하나님께 진정한 회개기도를 올렸습니다. 도저히 저 같은 죄인은 그 찬양을 따라 부를 수가 없었습니다. 더 이상은 그냥 분위기에 취해 넘어갈 수 없었습니다. 딱 3년 전 이맘때 제가 찬양단을 처음 섬기면서 하나님께 매일 기도드리고 찬양을 듣고 말씀도 읽으려고 노력했고, 그때 저희 셀 리더인 형은 자신도 교회 나오기 힘든 상황이면서 제가 청소년부에 잘 정착하도록 섬겨 주었습니다. 그런데 제가 지금 고등학생이 되어서는 그 형처럼 다른 후배들을 챙겨 주지 못하고 있습니다. 제가 이 수련회 가운데 기도했던 것은 다시 3년 전처럼 하나님을 정직하게 섬기고 찬양하던 모습으로 돌아가고 싶은 소망입니다. 그때 새로운 방언을 받고 하나님이 저를 마치 엄마의 손길처럼 어루만져 주시는 것을 느끼고 펑펑 울었습니다. 이번 집회에서 하나님이 저를 위로하셨습니다. 저를 용서하셨고 제가 다시 회복될 수 있다는 확신을 주셨습니다. 세상 것에 너무 찌들어 살았고 욕설과 각종 음란한 것에 중독돼 있는 제 모습을 주위에서 다들 이렇게 살아가니 타협하며 넘겼습니다. 하지만 이제 타협하지 않겠습니다.

전도사님, 제게 지금 기도 제목이 하나 있습니다. 이번 집회를 통해서 저와 제 친구들은 학교에 기도 모임을 만들라는 비전을 받았습니다. 저희가 3월에 입학한 뒤 이 비전을 이룰 수 있게 기도 부탁드립니다.

전도사님이 힘든 상황 속에서 저희에게 말씀을 전하실 때 진심이 느껴졌습니다. 그리고 하나님은 정말 저를 사랑하시고 제 친구들을 사랑하시는 것 같습니다. 그 하나님이 전도사님의 딸 온유도 치유시켜 주실 것입니다. 저도 전도사님 가족이 하루빨리 일상으로 돌아가시기를 진심으로 기도하겠습니다. 하나님의 손길이 온유와 저와 전도사님과 모든 그리스도인에게 임하면 좋겠습니다. 긴 글 읽어 주셔서 감사합니다. 주 안에서 자유하세요."

이 학생이 보내 준 장문의 문자를 읽으면서 어려운 상황일수록 내가 하고 있는 사역에 확신이 생긴다. 이 친구의 영혼을 살리신 하나님이 우리 온유도 살리실 것이다.

수고했던 온유도 아내도 잠이 들었다.

참으로 무겁고 긴 하루였음에도 불구하고 하나님 나라가 확장되고 그분의 백성들이 돌아오는 소식에, 그리고 병원에서 내가 아내와 온유에게 도움이 되는 부분을 감당할 수 있다는 사실에 기쁘게 섬기려 한다.

2015년 2월 24일 오후 2:12

온유는 여러 가지 검사를 받느라 분주했다.

뇌파 검사도 하고 심장이 너무 빨리 크게 뛰면 심장이 늘어나기도 한다고 해서 심혈관검사도 했다. 결과는 다행히 양호한 것으로 나왔다. 아, 하나님 감사합니다.

인간의 몸은 너무나 복잡해서 생각지도 못한 일들이 발생한다. 오늘은 감사할 일들이 많다. 온유를 6인실 일반 병동에서 2인실 병동으로 옮겼다.

좀더 신중한 검사와 치료를 위해 방을 바꾼 것이다. 2인 병동이지만 온유의 집중 치료를 위해 우리만 사용하도록 해주었다. 결국 우리 가족이 함께 지낼 수 있는 넓은 특실을 얻은 셈이다. 병문안 오시는 분들도 이제는 편히 기도도 하고 담소도 나누고 가실 수가 있다. 중환자실에 비하면 천국 같다.

온유는 이제 항암치료를 시작했다. 온유의 몸은 근육도 사라지고 단백질도 빠져 버려 뼈만 앙상한 모습이지만, 그 누구보다 강하다는 사실을 치료 과정에서 보아 왔다. 전 세계에서 보내 준 정직한 기도가 온유를 더 강하게 만들어 온 것은 부인할 수 없는 사실이다.

우리 부부도 병원에 방문한 동역자들이 건네준 여러 음식과 식품 그리고 여러 방법으로 보내 주시는 응원에 에너지가 엄청나게 충전되고 있다. 무엇보다 병원에서의 삶이 수도원에서 만나는 하나님보다 더 깊고 실제적인 친밀한 교제여서 감사할 따름이다.

이틀 중 하루는 꼬박 밤을 새우면서도 이렇게 멀쩡하게 온유를 잘 섬기고 주님께 집중하는 것은 기도의 능력이다. 전 세계에서 기도하는 천사들을 보내 주신 하나님을 찬양한다.

2015년 2월 24일 저녁 8시

온유는 오후에 항암치료를 잘 받고 난 뒤, 코 튜브로 식사를 하다가 또 모두 토해 냈다. 코에서 위장까지 연결된 호스가 입으로 튀어 나왔다. 순간적으로 너무 놀라 흡입기를 입에 넣어 뽑아내고 정리를 했다. 아무래도 독하고 강한 항암치료를 받은 뒤 바로 영양분을 공급받은 데 몸에 무리가 따른 것 같다. 급박한 상황이었지만 아내와 난 마음의 평정을 잃지 않았다.

아내와 마주앉아 저녁 식사를 하면서 “하필이면 왜 우리에게 이런 일이…”라는 불평이 생기지 않는 것이 은혜라는 대화를 나눴다. 아내가 나사의 우주 비행사들이 사용한다는 샴푸를 구해 왔다. 중환자의 머리 감기용으로 쓰이는 이 샴푸는 물 없이 온유의 머리를 감겨 줄 수 있다. 우리 온유의 머리를 오랜만에 시원하게 감기고 예쁘게 빗어 주었다. 외모라도 의식을 잃기 전의 모습으로 조금씩 바뀌어 가는 딸을 보니 마냥 좋다.

뭐랄까?

하나님이 만드신 시나리오 안에서 앞으로 전개될 사건을 미리 짐작하게 만드는 그런 영화의 복선 같은 기분이다.

조금 있다가 코에 호스를 넣는 힘든 작업을 하고 엑스레이를 찍을 예정이다. 모든 것이 정상적으로 진행되기를 기도한다.

2015년 2월 25일 새벽 5:46

긴 밤 보내고

깊은 새벽도 보내고 나니

영락없이 아침이 조금씩 밝아온다.

긴 밤도, 깊은 새벽도, 밝은 아침도

하나님이 주시면 난 그저 기쁘게 맞이한다.

시련도, 고난도, 두려움도

하나님이 보내시면 그저 맞이하는 것이다.

자연을 주관하시는 하나님의 실존을 인정하듯

인생을 주관하시는 하나님의 섭리를 인정하며

감사로 받아들이는 것이 피조물인 나의 당연하고 마땅한 반응이다.

그 대신 때마다 우리를 향한 하나님의 섭리는 알고 받아야 하지 않겠는가? 이렇게 큰 대가를 치르면서 문제 안에 주저앉아 있을 수는 없어 주님께 나아간다.

지금 나와 내 가족에게 주어진 상황을 통해 알아야 할 하나님의 본심이 무엇인지, 숨겨져 있는 그분의 섭리가 무엇인지 알기 위해 하나님께 나아간다. 이유 없이 사랑하는 자녀를 깊은 고난 중에 두지 않으시는 하나님 아버지를 바라보며 내가 할 일은, 기도하고 예배하는 것이다.

2015년 2월 26일 오후 3:46

오늘 새벽은 '불평', '불만'은 너무 가깝게 있고 '감사'는 너무나 먼 곳에 있는 시간이었다.

나는 웬만해서 병원을 찾지 않는 사람인데 어제 오전부터 몸이 좋지 않다는 판단에 잠시 집에 들렀다. 그리고 <이기쁨내과> 원장인 이성계 집사님을 찾아가 링거와 주사를 맞고 처방해 주신 약까지 먹었다. 온유를 밤낮없이 간호해야 하는 우리 부부는 누구 하나 아프면 절대 안 되기 때문에 조금이라도 아픈 낌새가 보이면 바로 병원에 가서 처방을 받아 빨리 회복해야 한다.

집으로 돌아와 쉬었다. 그런데 시간이 흐를수록 몸은 내 의지대로 움직이지 않는다. 겨우 씻고 다시 병원으로 돌아왔다. 자정을 조금 넘겨 아내와 교대했다.

새벽 2시가 넘어갈 때쯤 온유는 긴 시간 먹은 영양분을 또 토해 버렸다. 그리고 또다시 경련을 일으키기 시작했다.

한순간도 한눈팔 수 없는 사투를 벌이는 아주 긴 새벽이 나를 덮쳐 온다. 눈물이 쏟아질 만큼 힘들었다. 지쳐 가는 내게 감사는 점점 멀어지고 분노에 가까운 불평이 똑딱거리는 시계소리에 맞춰 점점 다가온다.

아침에 교수님과 주치의 선생님이 회진을 돌 때 온유의 상태를 점검한 결과 구토에 대한 부분은 '역류성 식도염'으로 진단하고 그에 대한 새로운 처방약을 주셨다.

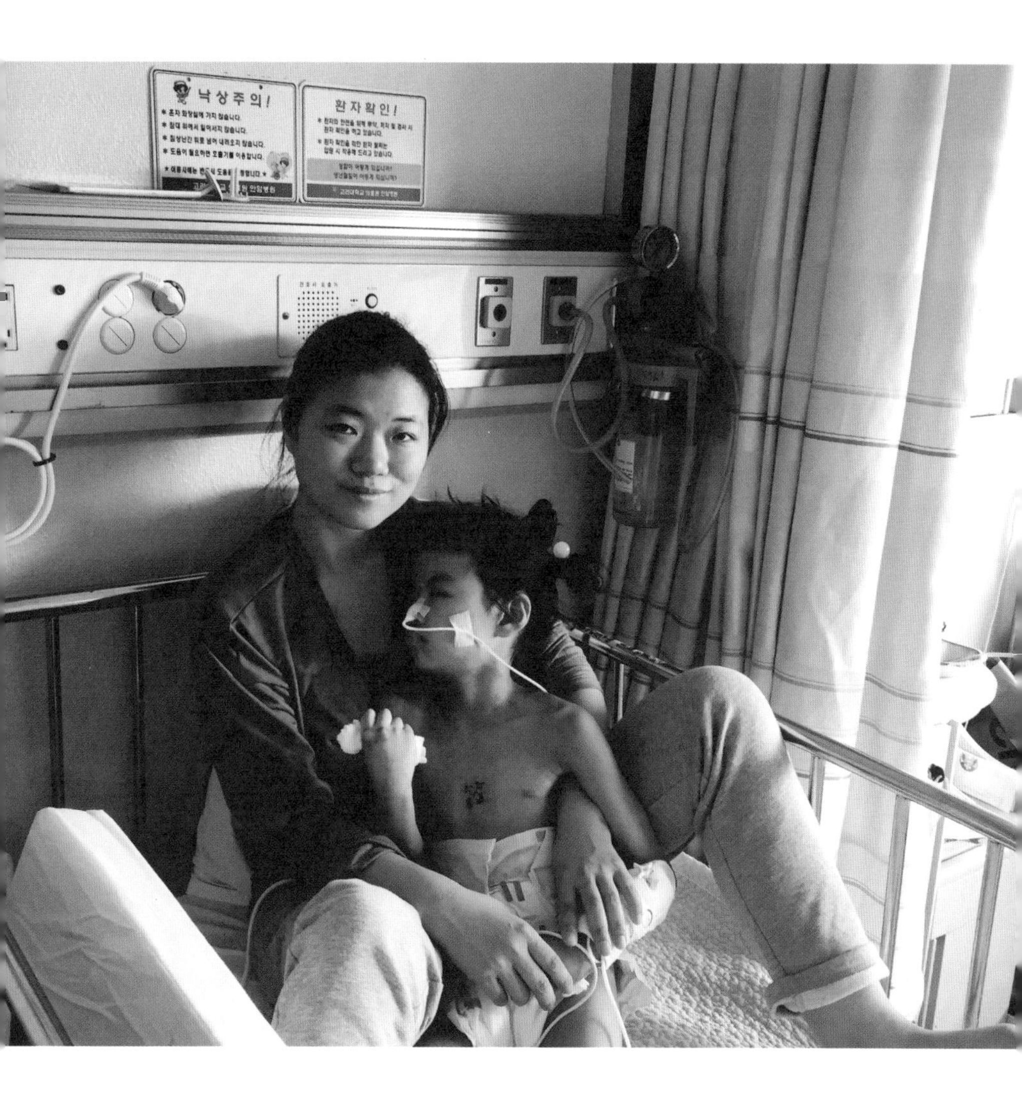
낙상주의!
환자확인!

전 세계에서 뜨겁게 기도해 주시는데도 온유는 나아지기는커녕 오히려 새로운 병을 얻는 상황이다 보니 육체와 마음이 와르르 무너져 내리는 듯하다.

그때 아내가 반전을 일으켰다.

고심하던 아내는 좋은 방법을 생각해 냈다. 병원에서도 생각지 못한 방법이다. 병원 내 의료용품을 파는 곳에 가더니 튜브형 방석을 사왔다. 온유가 영양분을 공급받고 토하지 않도록 하려고 아내는 누워 있는 온유를 방석에 앉히고 자신의 가슴으로 끌어당겼다. 3시간 동안 아내도 온유와 한 몸이 되어 온유의 상체를 세워서 영양분을 공급받도록 한 것이다. 그냥 3시간을 앉아 있는 것도 쉽지 않은데 한 끼를 먹이기 위해 8세 온유를 안고 3시간을 버텨야 한다니!

그러나 아내는 위대한 엄마다. 자녀를 향한 어머니의 불같은 사랑은 연약한 여자를 용사로 바꾼다는 사실을 오늘 직접 보았다.

나의 기대와는 전혀 다르게 기도가 응답되었다. 주님께서 아내에게 지혜를 허락하신 것이다.

마음이 기쁘니 그렇게 힘들던 나의 육체도 빠르게 회복되었다. 그리고 나를 덮친 불평과 불만이 사라지고 감사한 마음이 가득해졌다. 병실에 다시 웃음이 돌기 시작했다.

조금 있다가 집회를 인도하러 간다. 아내의 배려로 잠시 쉬는 이 시간이 꿀맛이다. '잠시'라는 시간조차 내게는 너무나 소중한 선물이다.

2015년 2월 27일 아침 7:21

어제 예수비전 캠프에 갔다. 도착하니 밤 9시였다. 운전하고 가는 도중에 졸음과 싸우느라 에너지를 다 소모했다.

중고등부 학생 사역은 웬만한 긴장감 없이는 참으로 힘든데 내 혀와 몸은 풀려 있었다. 도전을 주고자 하는 메시지도 횡설수설하며 전했다. 목소리는 감기로 찢어져 있었다. 노래라기보다 울부짖음에 가까웠다. 그럼에도 불구하고 난 예배하고 왔다.

벼랑 끝에 매달려 있는 내가 살 수 있는 방법은 주님 앞에 나아가 살려달라고 요청하는 것 외에 무슨 방법이 있으랴? 고통 속에서 신음하며 모든 문제가 해결되기를 기다리고 있을 수만은 없다. 아파하는 우리 가족을 주님이 보실 수 있도록 그분의 눈앞에서 움직여야 한다. 당장 응답을 주시지 않고 오히려 나를 죽음의 그늘에 내버려 두신다 해도 주님이 나를 도구로 사용하신다면 변함없이 하나님을 신뢰하는 내 마음을 표현해야 한다.

무척 고단하고 힘겹고 외롭고 처절한 예배였지만, 말씀대로 예배하고 말씀대로 행하실 주님을 신뢰하며 그분 앞에 나아갔다.

밤 11시가 넘어 집회가 끝났다.

돌아오는 길, 눈꺼풀이 너무 무거웠다. 졸음은 다시 집채만 한 파도가 되어 나를 덮쳤다. 내 뒤쪽의 차들이 상향등을 비추며 깜박였다. 졸음운전으로 양쪽 차선을 넘나들던 나를 깨워 주었다.

제정신이 돌아온 오늘, 어젯밤 일을 생각해 보니 살아서 돌아왔다는 자체가 아찔하고 놀라울 따름이다.

아, 큰 탈이 없도록 지켜 주신 주님을 찬양한다.

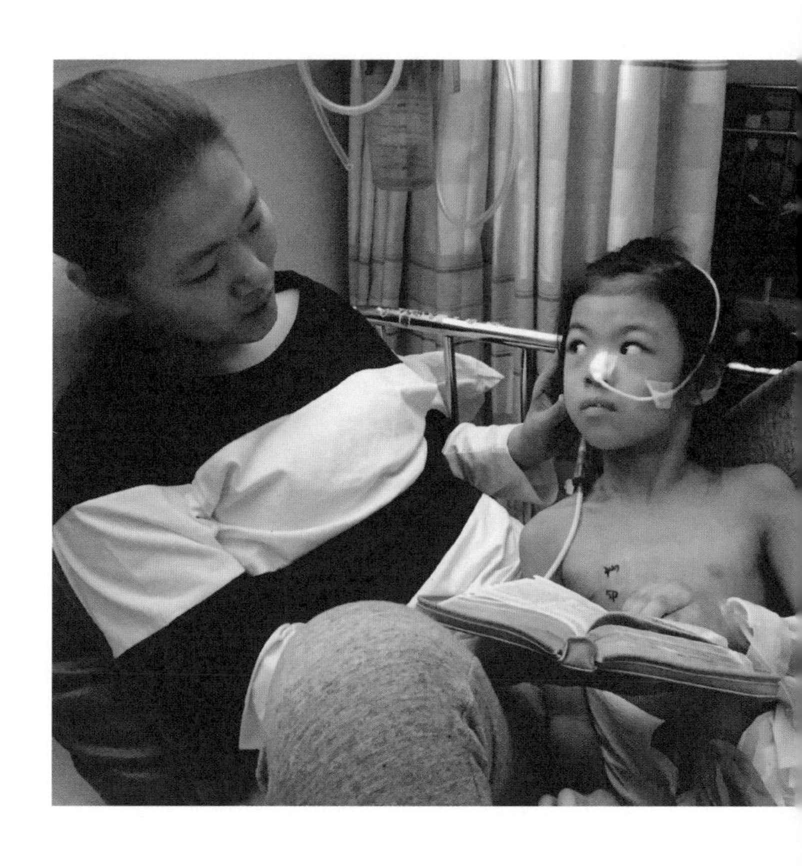

2015년 2월 27일 밤 10:55

눈은 뜨고 있지만 여전히 무의식 상태인 온유가 정말 오랜만에 집중해서 혼자 찬양을 듣고 있다. 물론 아내와 나의 일방적인 생각이다. 아내가 어제부터 구토를 막기 위해 온유를 끌어안고 영양분을 먹이기 시작했는데 효과가 있었다. 그냥 2시간 이상을 꼼짝하지 않고 앉아 있는 것도 힘든데 약한 발작까지 하는 온유를 가슴에 안고 영양분을 먹인다는 것은 의사들도 대단하게 본다. 기발한 아이디어라고 인정했다. 왜냐하면 병원에서도 이러한 방법을 몰랐던 것이다. 위대한 엄마의 사랑을 경험하는 중이다.

조금 전에 아침 동이 터오는 것을 본 듯한데 창가로 고개를 돌리니 어느새 아름다운 석양이 진다. 그만큼 시간은 빨리 흘러가지만, 아내와 나는 온유의 아주 느린 진전을 본다. 하지만 이것도 감사한 까닭은 평생 온유의 이런 모습도 받아들이겠다고 하나님께 기도했기 때문이다.

2015년 2월 27일 밤 11:55

예수님의 십자가를 생각하니,

이 혹독한 고난은 깃털같이 가벼워진다.

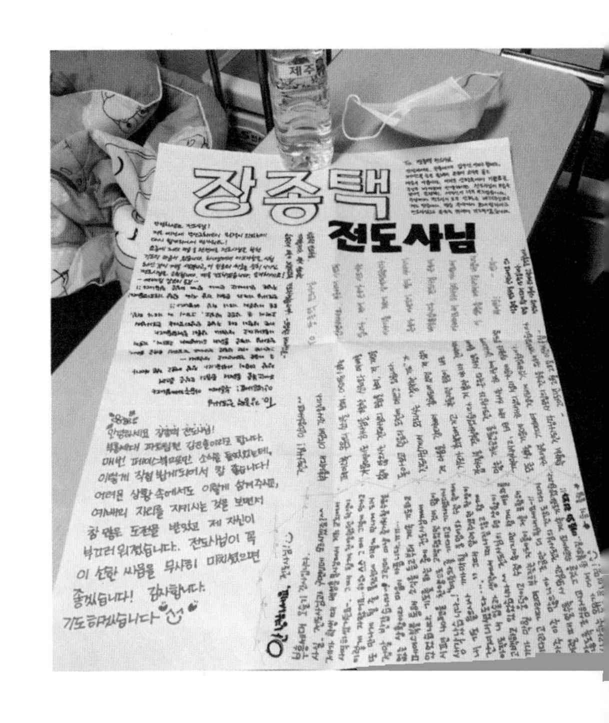

2015년 2월 28일 깊은 밤 10:55

'부흥 세대' 정기모임을 다녀왔다. 내 생애 가장 짧은 집회를 한 것 같다. 한 시간 만에 끝났다. 그런데도 주최 측에서 얼마나 깊은 사랑을 베풀어 주시는지…. 병원으로 돌아오는 전철에서 미안함이 절절했다.

병원에서 부흥 세대 스텝들이 건네준 선물을 펼쳐보는데 감동이 밀려와 눈물이 왈칵 쏟아졌다. 온유 사진을 보고 손으로 직접 그린 그림과 스텝들의 손 편지가 담겨 있었다.

이른 저녁, 담당전도사님에게 전화를 했다.

"전도사님, 다음에 꼭 다시 불러 주세요. 사례비 받지 않고 갈 테니 제발 꼭 다시 불러 주세요!"

요즘 경험하고 있는 천사들의 사랑에 보답할 기회를 갖고 싶다.

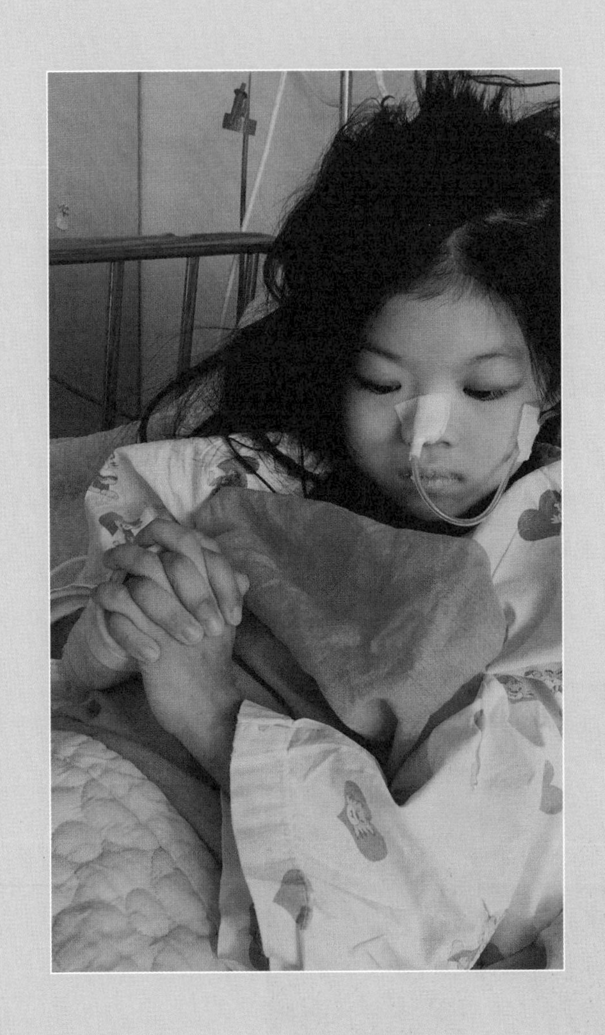

3월

치료의 예수님이 주신 놀라운 기적

2015년 3월 1일 밤 9:12

어제는 온유가 눈을 맞추어 주어 회복에 대한 기대가 한껏 부풀어 올랐는데 오늘 아침에는 다시 큰 경련을 일으킨 뒤 여느 때보다 상태가 좋지 않다. 이 와중에 나는 무박이일로 필리핀을 다녀와야 한다. 큰딸 이슬이가 마닐라의 한국아카데미에서 고등학교 과정을 이수하기로 해서 내가 데려다 주어야 하기 때문이다. 병상을 혼자 지켜야 하는 아내와 온유를 생각하면 기도를 조금도 쉬지 말아야 하지만, 내일 돌아와서는 내가 병상을 지켜야 하니 비행기에서는 좀 자야 겠다.

의식을 회복하지 못한 동생을 두고 떠나는 이슬이의 슬픈 표정을 보며 가족 공동체의 끈끈한 사랑을 느낀다. 우리 모두 가족애의 의미를 온몸으로 배우고 있다.

2015년 3월 2일 오후 7:37

방금 인천 공항에 도착했다. 필리핀에 도착해서 임흥재 선교사님께 이슬이를 부탁하고 두 시간 잠을 청한 뒤 바로 귀국했다. 이슬이를 필리핀에 데려다주는 짧은 시간 동안 만감이 교차했다. 눈앞에 닥친 갑작스런 고통에 대한 감정을 뭐라 표현할 수가 없었다.

아내의 고백이 떠오른다.

“어제의 일이 기억나지 않는다. 오늘 닥치는 무거운 일들이 너무 많아 그것을 안고 가기에도 급급하기 때문에 어제 무엇을 했는지 기억이 나지 않는다.”

나의 마음도 그러하다.

아내에게 전화를 걸었다.

현재 온유는 세 번째 항암치료를 하는 중이라고 한다. 항암이 끝난 뒤에는 스테로이드제로 융단 폭격하듯이 또 다른 치료를 시작한단다. 전철로 이동하면서 비장한 마음으로 기도한다.

말씀 암송을 유독 잘했던 온유가 자신 안의 흔들리지 않는 견고한 성 같은 말씀들로 이 싸움에서 이기기를, 그리고 비록 무의식 가운데 병원에서 엄마가 늘 불러 주던 그 찬송가의 멜로디와 가사가 온유를 감싸 주기를 기도한다.

2015년 3월 4일 오후 2:45

온유는 오전에는 뇌파 검사를 받았고 지금은 스테로이드제 즉, 면역억제제를 맞고 있다. 약 세 시간 동안 주입될 것이라고 한다. 이 스테로이드제는 자가면역질환 중 과도한 항체를 억제시키는 효과가 있는 반면에 몸의 힘이 다 빠져 버린다고 한다.

온유 곁을 지키다가 잠시 병실을 나오는데 양복을 입은 말쑥한 차림의 30대 초반 젊은 분이 자신을 전도사라고 소개하고는 인사를 꾸벅하신다. 안면이 없어 병실로 들어오지 못하고 밖에서 제법 기다리신 것 같다. 나도 고맙다는 인사를 하고 함께 병실로 들어왔다. 온유를 위해 기도해 주시는 모습을 본 뒤, 내가 "어떻게 알고 오셨냐?" 고 여쭈니 인터넷을 통해 온유의 이야기를 접하게 되었고 나의 지인과도 아는 사이라고 한다. 그러면서 자신의 아내도 오늘 온유와 같은 병원에 입원했다고 했다.

나는 "사모님이 어디 아프세요?" 물었고 "19주 된 우리 아이가 오늘 하나님 품으로 갔습니다" 하는 충격적인 사실을 접했다. 나는 망치로 뒤통수를 얻어맞는 것같이 멍해졌다. 사모님은 현재 분만실에서 수술을 받고 있단다.

'세상에, 어찌 이런 일이! 그런데 이렇게 위급한 시간에 전도사님이 온유를 찾아 이곳에 오신 이유가 무엇일까? 전도사님은 사모님 곁에 있어야 하는데…'라는 생각이 겹쳐져 위로의 말조차 제대로 건네지 못하고 울음이 나오려는 걸 간신히 참았다. 그런데 전도사님이 옷에서 봉투를 꺼내더니 내게 건네주시는 게 아닌가. 병원비에 보태 써달라며 백만 원이나 되는 큰돈을 후원해 주셨다.

이게 지금 무슨 경우란 말인가?

누가 누구를 위로한단 말인가?

우리 온유는 아직도 살아 있지 않은가?

나는 도저히 받을 수 없었다. 그리고 받아서도 안 되었다.

한사코 거절했다. 받은 것으로 하겠다고 했다.

그랬더니 전도사님은 "하나님께서 아기를 주셨을 때부터 모아 온 돈입니다. 그런데 아기는 하나님 품으로 갔고 하나님을 만날 그 아기의 죽음이 헛되지 않게 하려고 이 돈을 온유에게 흘려보내고 싶습니다" 라고 고백했다.

정말 난감했다. 하지만 전도사님의 이야기를 들으니 하늘나라로 간 아기에 대한 엄마, 아빠의 귀한 마음을 거절할 수만은 없었다.

전도사님을 보내고 혼자서 그 봉투를 쥐고 울었다.

아내가 병실로 돌아왔을 때 조금 전의 이야기를 들려주었다. 내가 아내에게 "자기야, 우리 이 돈은 사용하지 말자. 난 전도사님의 이 귀한 헌금을 도저히 온유의 병원비로 사용할 수가 없어"라고 했더니 아내도 같은 마음이란다.

같은 병원에 있다는 그 전도사님의 말이 생각 나 수소문해서 사모님이 쉬고 있는 회복 병실을 찾아냈다. 그리고 몇 시간 후 전도사님에게 후원받은 백만 원을 다른 봉투에 넣어서 방문했다.

"맛있는 것 드시고 빨리 회복하세요, 그리고 하나님이 주시는 선물을 다시 받으세요!"라고 축복하고는 재빨리 병실을 나왔다.

오늘 눈물을 쏙 빼면서 하나님의 마음을 배웠다.

나는 전도사님을 통해 우리가 정말 귀한 것을 하나님께 드리면, 하나님은 그것을 받지 않으실 뿐더러 오히려 더 많은 것으로 돌려주신다는 사실을 깨달았다.

그런데 우리는 하나님께 헌금하면서, 섬기면서, 여러모로 봉사하면서 얼마나 계산적이고 인색했던가?

전도사님에게 백만 원은 정말 큰 액수의 돈이었을 뿐만 아니라 액수의 크기를 떠나 무척 귀하고 의미 있는 돈이다. 자신의 첫 아이를 위해 모아둔 사랑을 우리 온유에게 내어 준 것이다.

오늘 또 하나님의 마음을 배웠다.

하나님께 어떤 것을 드려야 하는지, 하나님의 입장에서 배웠다. 내가 어디서 이렇게 귀한 교훈을 배우겠는가?

실제로 체험함으로 깨닫는 교훈보다 더 귀한 교훈이 있을까? 이렇게 온유의 고통을 통해 하나님이 내게 주시는 메시지를 받는다.

보석보다 귀한 주님의 메시지를….

2015년 3월 5일 아침 7:33

영적 성숙은,

탁월한 제자 훈련 프로그램이 만들어 주는 것이 아니라

고독하고 혹독한 시련 속에서 하나님께 부르짖는 몸부림이 만들어 준다.

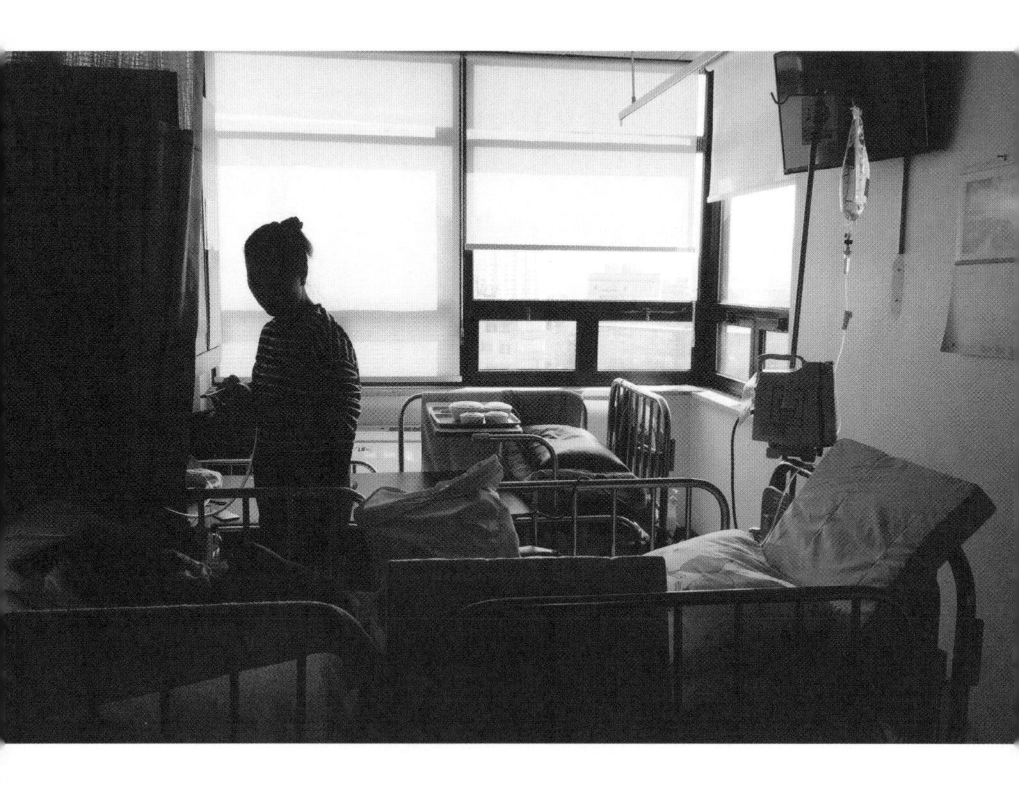

2015년 3월 8일 오전 11:43

집회가 있는 날은 내가 밤을 새워 온유를 돌봐야 한다. 지방으로 집회를 가는 날이면 온유 곁에서 이틀 밤을 새야 한다. 아내가 온유를 돌볼 에너지를 비축할 수 있도록 쉴 시간을 주어야 하기 때문이다. 이런 날이 벌써 한 달 넘게 이어지는데도 내 몸은 잘 견뎌 내고 있다. 감사하다. 온유가 아프기 전에는 음반 작업으로, 공부로 하룻밤을 새면 적어도 이틀은 후유증이 있었는데 지금은 없다. 정신적 긴장감이 주는 힘이 후유증을 거두어 간다.

깊은 새벽에 오늘 있을 집회를 위해 기도했는데 성령님이 건네주신 뭔가 모를 충만한 기쁨이 있었다. 그래서 오늘 집회 때 온몸으로 맛본 하나님을 나누고 싶어 주제를 '졸지도 주무시지도 아니하시는 하나님' 으로 정했다.

예배는 하나님을 맛본 만큼 깊어진다. 하나님의 선하심을 맛본 내 입술은 이미 감동에 젖어 있다. 내가 참 좋아하는 한상민 교수님이 섬기시는 교회라 발걸음이 더 가볍다.

버스 창가에 기대어 누리는 따뜻한 봄 햇살이 참 좋다.

봄이 서서히 겨울을 몰아내듯 우리 가족 안에도 영적 봄의 기운이 서서히 밀려오고 있음을 안다. 문득 생각나는 말씀이 있다.

우리가 불과 물을 통과하였더니 주께서 우리를 끌어내사 풍부한 곳에 들이셨나이다(시 66:12)

2015년 3월 9일 저녁 6:05

온유가 건강했을 때 마트에서 갖고 싶어하는 장난감을 사달라고 하면 나는 "온유야, 이건 다음에 사줄게. 미안" 하고는 미루었다. 온유는 우리 집 형편을 아는지 그냥 넘어갔다. 갑자기 그 모습이 떠올라 애처로운 마음이 든다. 이렇게 아픈 온유를 보니 아빠로서 다 해주지 못한 부분이 생각날 때마다 마음이 아프다. 그래서 아내와 함께 온유가 깨어나면 안겨 줄 선물을 준비하기로 했다.

온유가 구경하는 것만으로도 무척이나 좋아한 인형이 있다. '실바니안 패밀리' 컬렉션이다. 하나씩 준비해 가면서 미안함은 줄어들고 기쁨과 기대는 커져간다.

온유야, 이렇게 널 기다리고 있단다.

2015년 3월 10일 새벽 2:34

조금 전 새벽 1시.

어제와 거의 동일한 시간에 온유의 몸에 지진이 일어나듯 온몸이 허공을 가르며 발버둥치는 발작 증세가 나타났다. 온유는 어제보다 두 배나 길어진 30분 동안이나 침대를 부셔 버릴 듯한 강직을 일으켰다. 간호사들과 아내 그리고 내가 달라붙었는데도 아이의 증세를 감당하기 힘들 정도로 심했다.

몸에 꽂혀 있는 주삿바늘과 코를 통해 위장에 연결되어 있는 호스가 뽑히지 않도록 막다가 도저히 안 되겠다 싶어 내 몸으로 온유를 그대로 덮었다. 나에게서 빠져나오려고 강한 몸부림으로 대응하는 온유를 가슴에 안고 온 힘을 다해 조심스레 저지하며 온유의 귀에 나지막히 찬송가를 불러주었다.

주치의를 불러 진정제를 사용하느냐 마느냐 하는 이야기가 오가는 중에도 "폭풍 같은 몸부림을 평안하게 가라앉게 하실 분은 예수님" 이라고 내 깊은 신음 가운데 올리는 기도로 온유와 함께했다.

정말 긴박한 30분이었고 너무나 긴 30분이었다. 그리고 그 태풍은 방금 우리를 통과하여 사라졌다. 모든 에너지를 소모한 온유는 잠이 들었다.

나아지는 듯 보이다가도 늘 발생하는 이러한 변수는 기도의 긴장감이 느슨해지지 않도록 나를 화들짝 깨운다.

"주님, 저 긴장하고 살 테니 제발 온유는 평안하도록 회복시켜 주시면

안 될까요?"라고 간절히 부탁드리는 기도가 아침이 올 때까지 이어진다.

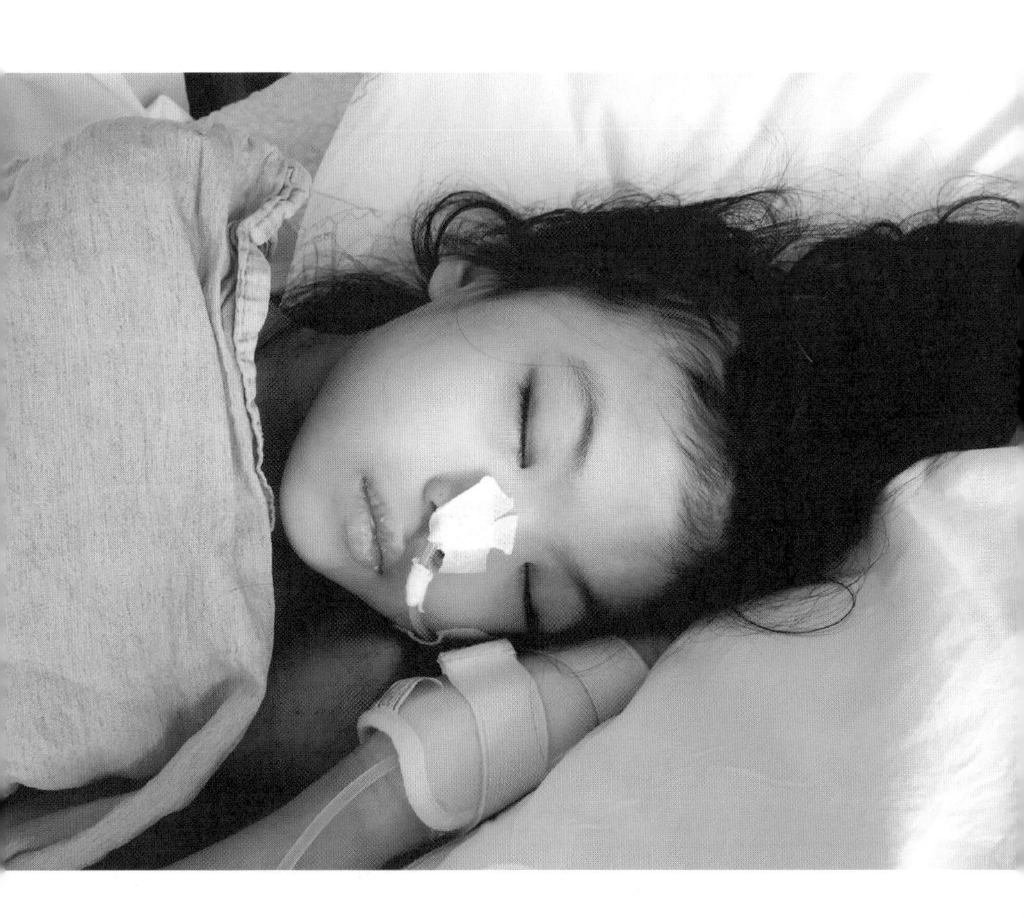

2015년 3월 10일 새벽 4:00

깊은 새벽은 외부의 소음을 차단한다. 뿐만 아니라 왕성하게 움직이던 생각의 소음도 차단한다. 고요한 적막은 하나님을 향해 귀를 열게 만든다. 예수님은 아버지 하나님의 음성이 확실히 잘 들리는 시간이 새벽인 줄 아셨기에 이 고요함 속에서 기도하는 일을 게을리하지 않으셨다는 생각이 든다.

이렇게 큰 대가를 치르고 배우는 깨달음이 지식으로 아는 데만 그치는 어리석음을 범하지 말자. 잠시 미루어 행동으로 옮기지 못하게 되는 게으름에 빠지지 말자.

영적 게으름은 죄악이니 게을리 살지 말자. 절대 게을리 살지 말자.

2015년 3월 11일 밤 10:34

동역자들의 정직한 기도로 어제 힘들었던 네 번째 항암치료를 잘 마쳤다. 그런데 독한 항암치료 탓인지 호스를 통해 코로 영양분을 투여하는 과정에서 온유는 두 번을 토했다. 이런 당황스러운 순간에도 아내와 나는 웃음과 여유를 잃지 않고 온유를 격려하며 다시 시도한다. 이 와중에 우리를 응원하는 택배가 도착했다. 페이스북을 통해 알게 된 이 집사님이 온유가 좋아하는 실바니안 인형 가족을 선물로 보내 주셨다.

온유의 눈이 움직이기 시작했다. 분명 보고 있는 것 같았다.

2인 병실로 옮기고 난 뒤, 매일 온유를 위해 기도해 주시는 분들의 방문이 이어지고 있다. 전혀 알지 못하는 분인데 병실에 오셔서 눈물을 뿌리며 기도해 주시는 모습을 보면 그냥 눈물이 앞을 가린다. 참으로 고맙고 감사하다.

말뿐인 인사성 동역이 아닌, 함께 움직여 주시는 동역으로 인해 우리 가족은 다시 용기를 내어 긴 밤으로 가는 문에 씩씩하게 발을 들여놓는다.

2015년 3월 11일 밤 10:49

3월 13일 금요일 저녁 8시에 '하나님, 온유를 살려 주세요'라는 공연이 계획됐다. 내가 속해 있는 공동체 '데스퍼레이트 밴드'가 우리 가족을 위해 기획한 공연이다. 우리 상황을 가장 잘 알고 있는 탁월한 음악가이며, 순결한 예배자들의 진솔한 나눔과 사랑이 온유뿐만 아니라 참석한 모든 사람들에게 회복의 메시지를 전해 줄 것이다. 온유를 위한 후원 성격의 공연이지만, 한 아이의 고통을 통해 우리 자신을 정직하게 되돌아보는 시간이 되기를 기도한다.

나는 요즘 새벽마다 순결한 한국의 그리스도인과 정직한 한국 교회를 위해 기도하고 있다.

온유를 통해 자신의 죄악을 토설하고 죄악에서 돌아서는 '회개기도'와 하나님을 움직이게 만드는 '정직한 기도' 운동이 몇몇 사람들로부터 일어나고 있음을 본다. 온유가 겪고 있는 혹독한 시련의 태풍이 종교 개혁의 태풍으로 변해 가길 기대하며 이번 공연을 위해서 기도한다.

2015년 3월 12일 오전 11:38

온유와 거의 두 달째 병상생활을 하며 수많은 동역자들을 만났다. 병문안을 오는 한 사람 한 사람이 얼마나 내 가슴을 저미게 만드는지, 혹독한 시련 속에서 맛보는 진주 같은 감동이 떠나지 않는다.

햇살 따뜻한 오전, 온유를 가슴에 안고 토하지 않도록 조심스럽게 영양분을 공급하고 있는데 영적 동지인 서미정 집사님이 방문해 주셨다.

"오래전부터 찾아오고 싶었는데 온유의 아픈 모습을 도저히 볼 수 없어 기다렸다가 이제야 왔어요" 하신다.

나는 너무 감사한데 집사님은 너무 미안하다고 하신다.

집사님이 온유를 위해 기도해 주시는 동안 온유는 내 가슴 위에서 잠이 들었다. 조용하게 병실에 울려 퍼지는 기도 소리가 온유에게는 자장가처럼 들렸나 보다.

내가 말을 할 때마다 가슴이 울리니 집사님은 혹시 온유가 깰까봐 말하지 말라며 커피를 내미신다. 그리고 온유의 평안한 얼굴을 훑어보시더니 "이제 안심이에요" 하며 가시겠단다.

힘들게 오셨는데 "잠든 온유 깨우지 마세요" 하며 주머니에서 뭔가를 꺼내 건네시고는 후다닥 나가셨다. 짧은 인사로 배웅을 한 뒤 아내와 나는 건네받은 종이를 보고 깜짝 놀랐다. 그 종이는 다름 아닌 병원비 영수증이었다. 사실 병원비가 적지 않아 중간 정산을 계속해 오고 있었다.

아내가 집사님이 계산하신 병원비 영수증을 보며 "오늘 아침 병원에서 병원비 정산하라고 문자가 왔는데 어떻게 하나님은 이런 방식으로 도와주시나!" 하며 울먹였다.

집사님은 함께 이야기 나누면서 마시려고 커피를 석 잔 사오셨는데 한 모금도 입에 대지 못하고, 온유 잘 재우라는 말만 남기고 떠나셨다. 그리고 몇 분 뒤 문자가 왔다.

> "예수님의 사랑을 들고 온유가 있는 고난의 자리에 찾아갑니다. 내가 가는 것이 아니고 예수님의 사랑이 가는 것입니다. 온유 가족이 겪는 고난의 그 자리를 찾는 것은 예수님의 사랑이 머무는 곳이기 때문입니다. 눈에 보이지 않아 더욱 그리운 예수님의 온기와 사랑을 온유를 가까이서 본 그 순간에 느꼈습니다. 온유가 예쁜 옷 입고 학교 가는 그 시간을 기대합니다. 힘내세요!
> ps. 전도사님 제가 한 것이 아닙니다. 오직 주님이 하십니다!"

문자를 읽고 눈을 드니 주인 없는 커피가 테이블 위에 놓여 있다. 그렇게 오전에도 천사가 다녀갔다. 눈물이 주르르 흐른다.

2015년 3월 13일 이른 아침 6:11

다시 아침이 되었다.

지난밤 고통의 꿈에서 깨어나라고, 악몽은 잊으라고 토닥이며 어둠을 떨쳐 냈다.

'병원이 어느 곳보다 가장 일찍 아침을 깨운다'는 생각이 든다. 왜냐하면 뜬눈으로 밤과 새벽을 보내고 아침을 맞이하는 사람들이 많기 때문이다. 그저 그런 밤이 아니라 아침만을 꼬박 기다리며 밤새 고통과 아픔을 안고 몸부림친 사람들이 수두룩한 곳이다. 희한하게도 아침이 되면 밤새 온유를 괴롭힌 아픔도 누그러지고 사라지는 것 같다. 그래서 아침은 온유와 나에게 너무나 소중한 시간이다.

밤새 온유는 육체적, 정신적 고통으로 사자처럼 소리 질렀다. 눈에 보이는 것을 다 물어 뜯으려는 분노가 가득했다. 그리고 온몸이 링거 줄들에 감기도록 뒤틀었다. 결국 코에서 위까지 영양분을 섭취하도록 돕는 줄도 뽑아 버렸다. 온유의 처절한 모습을 도저히 볼 수가 없어 깊은 새벽에 주치의 선생님을 불러야 했다. 수면제라도 먹여 온유를 진정시키고 싶었다. 그러나 선생님은 회복하는 과정이라고 설명해 주시곤 약 처방을 하지 않으셨다. 어쨌든 지나가야 하는 것이니 "안아 주시면 좋다"는 소견에 발버둥치는 온유를 힘으로 겨우 끌어안았다.

그렇게 부둥켜안고서 기가 막힌 웅덩이와 수렁에서 건져 주실 여호와를 기다리고 기다리며 울부짖었다. 나의 부르짖음에 귀를 기울이고 일하실 주님께 절박하게 기도하며 밤을 지새웠다. 아직까지 아무 일도 일어나지 않았지만, 우리에게 선포하신 언약을 지키시는 하나님의 성품을 신뢰하며 치유의 그날을 기다린다. 이것이 아침을 맞으며 다시 힘을 내는 이유이다.

새로운 기도제목이 생겼다. 온유의 감정적인 치유 부분이다. 육체가 아픈 것보다 더 힘든 것 같다. 이런 상황이 오래갈 듯하지만 얼른 회복되기를 간절히 바라며 기도한다.

아침, 온유의 눈물과 기도의 손을 봤다.

두 손을 기도하듯 모아서 누워 있다.

분명히 뭔가 진행되고 있음을 직감한다.

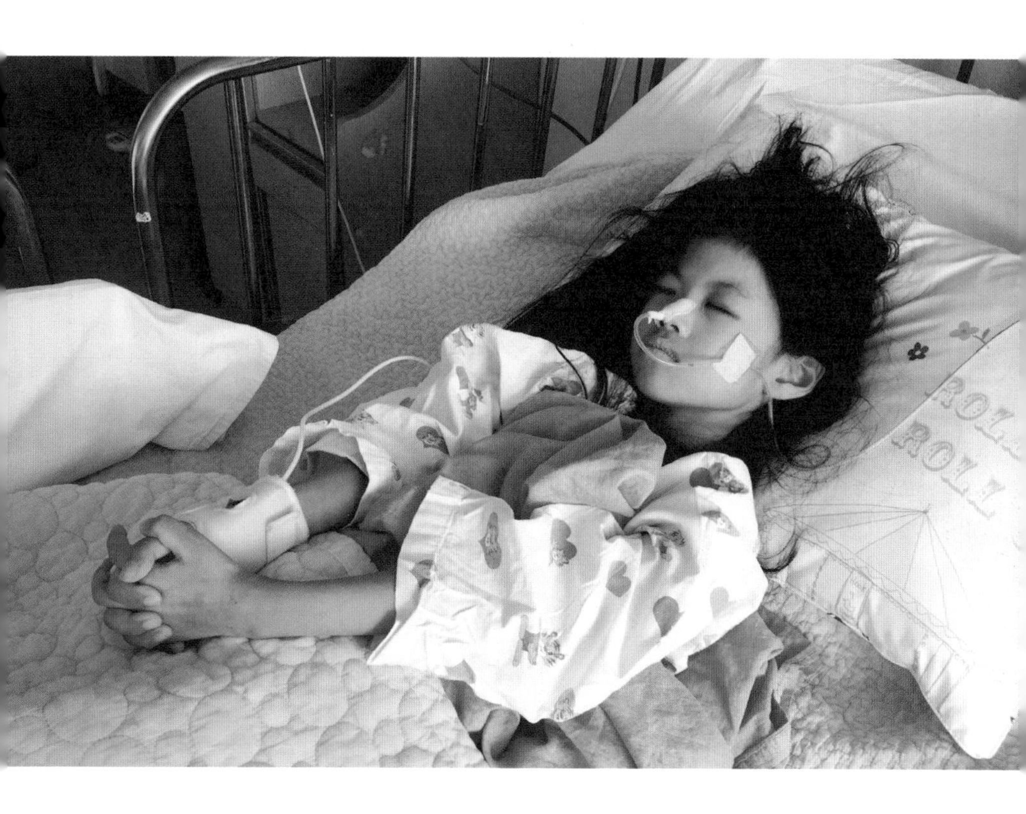

예수님의 이름
일어나라
온유 ♥♥

2015년 3월 14일 밤 10:47

온유는 4일 전부터 시작된 장염으로 인해 관으로 주입되는 영양 공급이 조금도 이루어지지 않았다. 그뿐 아니라 기침과 설사로 모든 것을 쏟아 내면서 병원복과 이불이 다 젖어 밤새 세탁과 건조를 반복해야 했다. 이틀 밤을 그렇게 새운 뒤에 결국은 바늘을 혈관에 꽂아 영양분을 공급했다. 설상가상으로 그제부터는 배에 가스가 차기 시작했다. 어젯밤에는 배가 탱탱하게 불러 영양분 공급은 아예 포기했다.

하지만 어제 '하나님, 온유를 살려 주세요'라는 데스퍼레이트 밴드의 공연에서 울려 퍼진 기도 덕분에 소망의 현상들이 온유의 몸 곳곳에서 나타났다. 먼저는 배에 가스가 빠졌다. 얼마나 감사한지 모른다.

또한 장염도 수그러드는 것 같다. 지금은 영양분 공급을 조금씩 다시 시작했다. 무엇보다 온유의 눈빛이 또렷해졌고 움직임도 활발해졌다. 아직까지 상호작용은 없지만 나와 아내의 말을 알아듣는 듯도 하다.

시련이 깊을수록 주님과의 관계도 깊어지니 혹독한 훈련을 거치는 시련은 오히려 주님이 베푸신 특별한 은혜라고 고백하게 된다. 비록 고난 속에 거하는 것 자체는 무척 힘들지만 이를 악물고 주님을 붙잡으며 누리게 되는 깨달음과 은혜는 이때 아니면 언제 누리겠는가? 어젯밤에는 늦은 시간에 공연을 마친 데스퍼레이트 멤버들이 병원을 찾아와 의리를 보여 주었다.

역시 '의리'라는 단어는 어려울 때 빛이 나는구나!

2015년 3월 15일 아침 6:22

"이렇게 큰 대가를 치르며 가지는 고통의 기간을 헛되이 보내지 않아야지" 하며 주님 앞에 나왔다.

시간이 흐르면 시련도 고통도 그렇게 흔적도 없이 함께 흘러가겠지만, 내 주님이 나에게 전하고자 하시는 의미를 깊이 묵상한다.

이 혹독한 훈련의 시간을 선물로 주셨으니 하나도 놓치지 않고 내 것으로 삼으리라.

시련에만 눈을 두어 아파만 하다가 하나님의 메시지를 놓치는 어리석은 자가 되면 온유에게 어찌 얼굴을 들까?

온유와 긴 새벽을 보내고 새로운 의미로 가득한 아침을 맞이한다.

시련아, 고통아! 오너라.

하나님의 메시지를 쥐고 온 너희를 주님께서 보낸 '손님'이라 생각하니, 이렇게 반기며 기다릴 수 있구나.

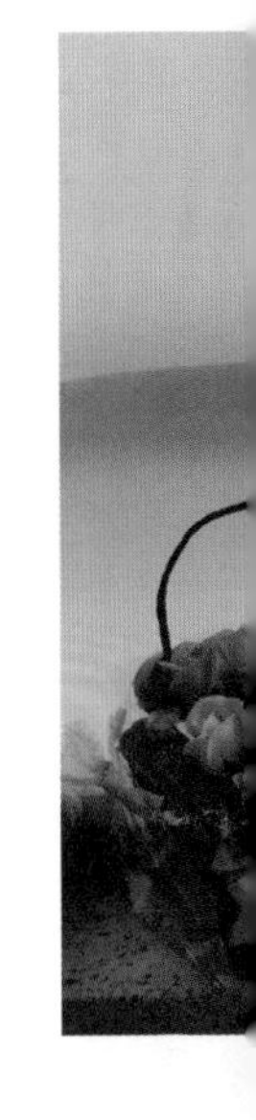

2015년 3월 15일 아침 8:44

예배는
하나님을 아는 만큼 깊어진다.
하나님을 아는 척 예배하다가
깊이 있는 예배는커녕 그분께 외면 받지 않을까 두려워하라.
그분의 임재를 갈망한다면
이런 영적 두려움이 있어야 할 것이다.

2015년 3월 15일 오후 4:11

내 품 안에 누워 있는 온유가 운다.

의식이 조금씩 돌아오는 것인지, 자신의 마음대로 움직이지 않는 굳어 있는 몸을 보면서 슬퍼서인지, 온유가 운다.

온몸에 꽂혀 있는 주삿바늘과 실타래처럼 엉켜 있는 링거 줄들이 의식 없는 온유에게는 익숙한 생명의 도구들이었지만, 의식을 조금씩 회복하는 온유에게는 아주 낯선 남의 몸처럼 느껴지니, 그렇게 눈물을 흘린다.

온유야.

이제 네 몸의 주삿바늘을 하나하나 뽑아 가며
일상으로 돌아갈 준비를 하자구나.
오늘 하루를 일상으로 돌아가는 기적으로 내딛는
시간으로 만들어 보자구나.
사망의 음침한 골짜기에서도 우리를 외면하지 않고 동행하시는
목자 되신 주님과 시온의 대로를 걷자구나.
일상은 우리에게 주어진 기적이었으니
잃어버린 그 기적의 일상으로
다시 돌아가는 여행을 시작하는 거야!

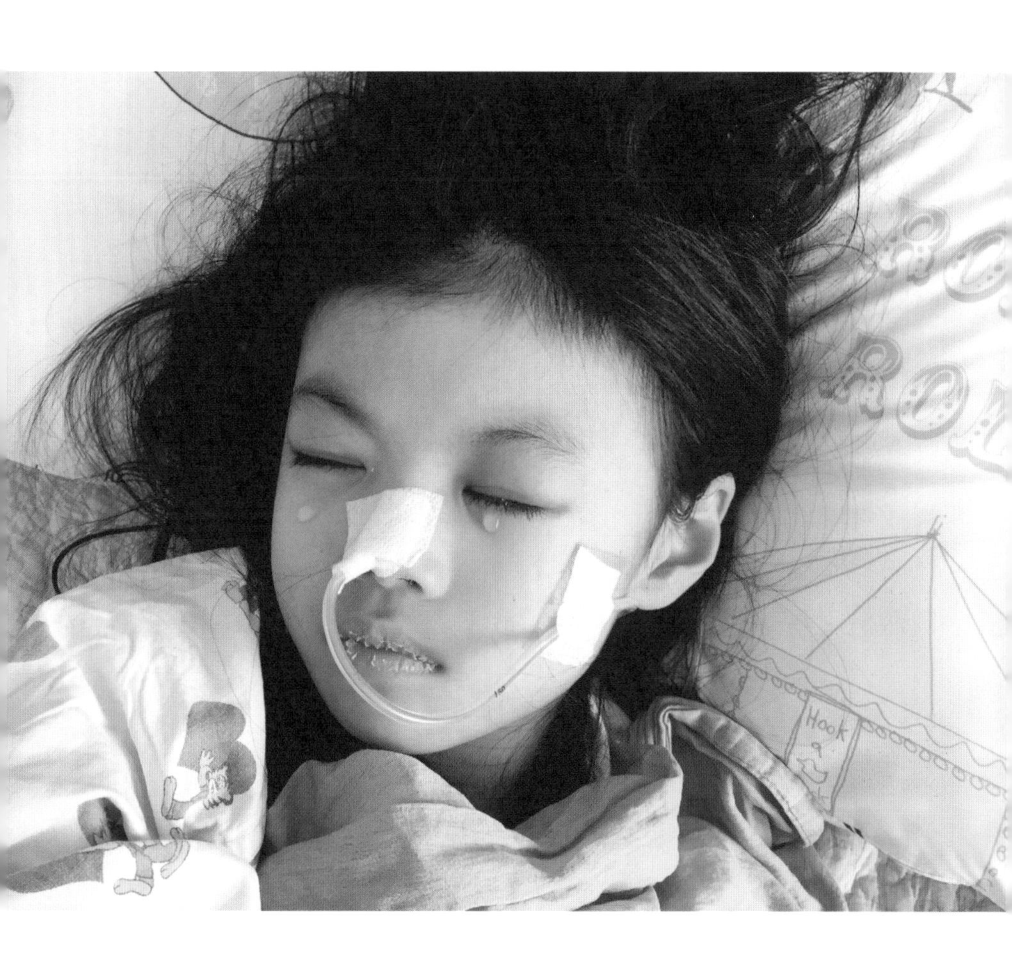
Hook
a

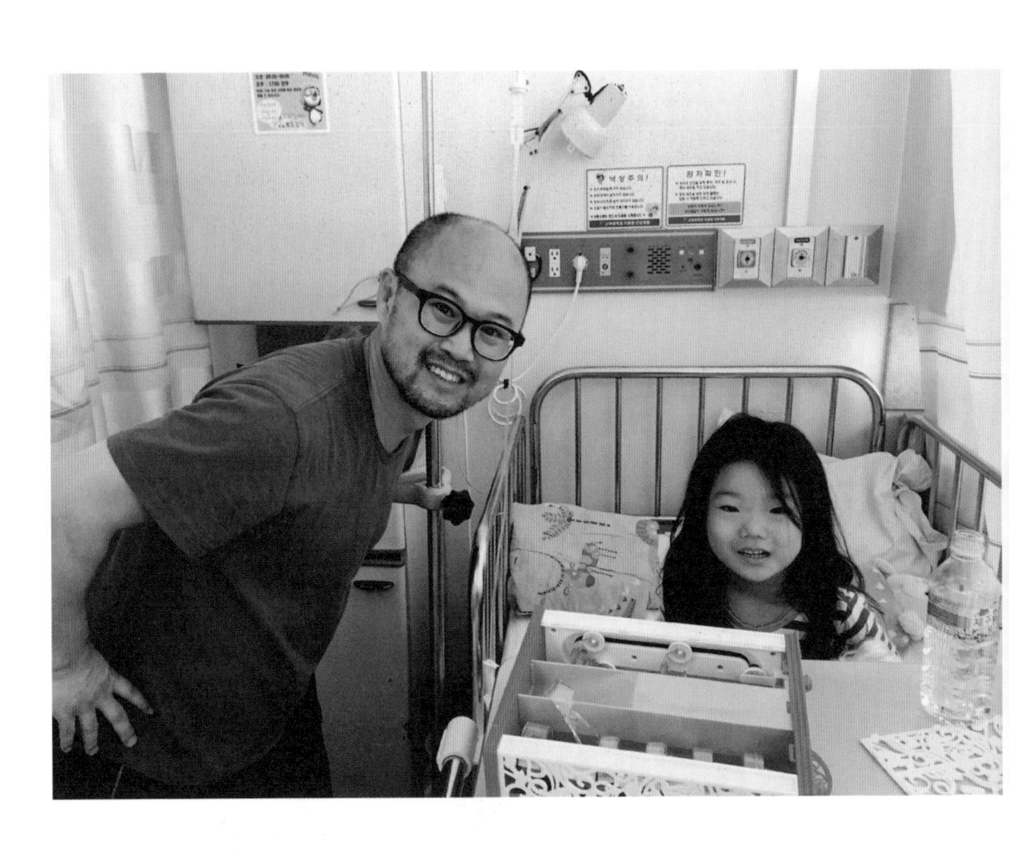
낙상주의!
환자확인!

2015년 3월 16일 오전 11:21

오랜만에 집으로 왔다.

온유를 간호하는 동안 가족들도 많이 아팠다. 여섯 살 막내 세빛이는 신종 인플루엔자에 걸려 온유 병실 바로 옆 병동에 3일간 입원했다. 온유에게 전염시킬 수 있다기에 오늘 퇴원해서 나와 함께 집으로 돌아왔다. 온유는 동생과 접촉했다는 이유로 예방 차원에서 어제부터 신종플루 치료제인 타미플루를 복용하고 있다.

"아이고, 어쩌다 이런 일이! 설상가상이네요!"라며 울상 지을 수 있는 상황을 별로 대수롭지 않게 받아들인다. 오히려 가족 모두가 병원에 함께 있을 수 있어 감사한 마음이 들었다.

그래, 시련을 대하는 내공이 생긴 것 같다.

예수님이 우리를 살리기 위해 멸시와 모욕, 심한 고난을 당한 사순절 기간을 보낸 것처럼 온유도 그런 시간을 보내는 것 같다.

그러다 문득 기도 제목 하나가 생각났다

"주님, 주님이 죽음을 이기시고 부활하신 것처럼 우리 온유도 다가오는 부활절 아침에 의식을 회복시켜 주소서"

오랫동안 비워둔 집으로 돌아오니 내 손길을 요구하는 것들이 너무나 많다. 막내 세빛이와 마트도 다녀오고 청소와 식사 준비로 늦은 오후를 보내고 있다.

2015년 3월 17일 오전 8:55

아내와 온유는 병원에 있고 신종플루에 걸린 막내 세빛이는 집에서 나와 함께 있고, 큰 딸 이슬이는 필리핀에서 공부하고 있다.

이런 날이 내 생일이다.

생일날, 미역국도 없고 가족들도 뿔뿔이 흩어져 있다. 그러나 우리 가족의 결속력은 그 어느 때보다 강하고 하나님의 일하심에 대한 우리의 믿음도 절실해져 있다.

"살려면 죽어라, 높아지려면 낮아져라" 하신 성경 말씀처럼 역설적이다.

요즘 내 삶이 그렇다. 가장 우울하고 슬프고 고통스럽기에 가장 즐겁고 기쁘고 소망의 확신으로 감사하게 되니 말이다.

나는 세빛이가 회복되는 대로 목요일 즈음 병원에 복귀할 예정이다.

2015년 3월 18일 오후 1:27

아내가 "병원으로 급히 와 달라"는 연락을 주어 아직 신종플루 치료 중인 세빛이를 데리고 병원으로 내달았다. 어젯밤에도 아내가 몸이 무척 좋지 않다는 이야기를 했지만 세빛이 때문에 움직일 수 없어 집에 머물렀는데 결국 아내는 아파서 참을 수 없었나 보다.

병원으로 서둘러 가는데 북부간선도로는 꽉 막혀 있었다. 마음은 조급해지고 설상가상으로 몸이 좋지 않던 세빛이는 구토를 해서 뒷좌석을 엉망으로 만들어 놓았다.

망연자실한 그 순간, 내게 필요한 것은 마음의 여유다.

비상등을 켜고 갓길에 자동차를 주차하면서 기도를 했다. 내 마음은 곧 평정을 찾았고 세빛이를 토닥거리며 구토를 닦아 냈다. 우리는 큰소리도 내지 않고, 얼굴도 붉히지 않으며 잘 해냈다.

병원에 오니 아내의 얼굴이 말이 아니었다. 밤새 수고한 아내의 눈치(?)를 보며 이것저것 정리하면서 아내를 진료실로 보냈다.

휴….

결국 아내는 3시간가량 링거를 맞아야 한다고 연락이 왔고 나는 온유와 세빛이 돌보는 일을 기쁘게 감당하고 있다.

내가 늘 주장해 왔던 '예배는 삶'이라는 말이 생각난다. 순간순간마다 주님을 의식하고 내 성질, 기질, 성품, 습관 내려놓고 주님께 도움을 구하여, 그분이 원하시는 대로 순종하며 움직이는 것이 예배라고 말해왔다. 이 말에 대한 책임을 지는 행동을 할 수 있어 기쁘다.

이틀 만에 다시 만난 온유는 감정의 굴곡이 더 심해졌다. 세빛이는 다시 설사를 시작했다. 끝이 보이지 않는 동굴에 갇힌 상황이지만 분명히 보이지 않는 것을 믿어 확신하는 마음은 이 길에 끝이 있음을 알려 주니 어떠한 고통에도 감사하며 하루를 맞는다.

2015년 3월 18일 밤 10:23

온유의 병실에 이전에 온유가 자주 듣던 어린이 음반인 파이디온의 찬양이 계속해서 흘러나오게끔 해놓았다. 아내와 나는 온유가 찬양을 듣고 있으리라 확신하기 때문이다.

깊어 가는 밤, 찬양을 듣던 온유의 입이 조금씩 움직였다!

"아니, 이게 뭔가? 도대체 어떻게 이런 일이!"라며 나는 너무나 놀랐다. 분명히 온유가 노래를 따라 부르는 것 같이 옹알거리는 게 아닌가!그리고 시간이 흐를수록 온유의 입술에서 나오는 소리가 발음이 완전하지는 않지만 명확히 들리기 시작했다.

예수님이 일하시는 기적의 전조가 시작된 것이다.

2015년 3월 19일 오전 10:38

몇 개의 문자가 왔다. 만난 적도 이름을 들은 적도 없는 목사님들의 문자였다. 그중에 나를 울린 문자들이 있다.

"장종택 전도사님, 광양대광교회를 섬기고 있는 신정 목사입니다. 동두천 동성교회 김정현 목사와 신대원 동기이고, 필리핀 이성광 선교사님을 함께 파송한 교회를 섬기고 있습니다. 전에 전도사님이 우리 교회의 '아쿠아 카페'에 오셔서 찬양 집회를 하신 적이 있는데 혹시 기억하실런지요? 전도사님 찬양에 늘 많은 은혜 받고 있습니다. 최근에 온유 소식을 듣고 계속 기도하고 있습니다. 이번 주부터 부활절까지 두 주간 광양대광교회 성도들과 온유의 건강 회복을 위해 기도하려고 합니다. 이번 주 설교 시간에 인터넷에 있는 전도사님의 찬양 영상들을 좀 사용하려고 하는데 허락해 주셨으면 합니다. 그리고 큰 힘은 되지 못하겠지만 부활절 헌금 중 일부를 온유 치료를 위해 보내드리려 합니다. 기가 막힐 웅덩이와 수렁에서 끌어올리시는 하나님을 믿고 고백하시는 전도사님께 하나님의 은혜가 임하기를 바랍니다. 온유를 사랑합니다. 온유를 향한 전도사님의 마음을 품고 같은 심정으로 기도하겠습니다."

"장 전도사님! 미국 뉴저지 한성교회 송호민 목사입니다.
일면식도 없는 전도사님, 그리고 딸 온유! 그러나 페이스북 소식을 접하는 그 순간 시간이 멈추는 것 같습니다. 저의 딸을 보는 것 같은 마음이 들었습니다. 주 안에서 한 가족이라는 것! 그것은 진리입니다. 부족하지만 계속 기도하고 있습니다. 만나는 분들에게 계속 기도 요청을 합니다. 어제는 한 장로님이 미국에서 한국으로 송금할 방법을 모르겠다고 하시면서 300달러를 전달하고 가셨습니다. 하나님께서 우리의 기도를 들으시며 일하고 계심을 확신합니다. 여기에서는 계좌이체가 다소 불편하여 한국에 계신 저의 어머니를 통해 월요일에 입금될 것입니다. 저도 마음을 함께하고 싶어서 적게나마 후원합니다. 장 전도사님! 정말 힘내십시오! 하나님은 살아계시고 일하십니다."

"전도사님, 항상 기도합니다. 전용대 목사님과 정예원 자매와 동방현주 자매님을 통해 온유의 소식을 듣고 있습니다. 저는 시드니에서 예일교회를 개척하여 섬기는 송상구 목사입니다. 이제 1년이되었네요. 이번 부활주일 헌금을 온유를 위해 작정하기로 했습니다. 적은 물질이지만 오병이어의 축복이 될 줄 믿습니다. 은행계좌를 적어 주세요. 감사합니다."

이렇듯 한국 교회에서 뿐만 아니라 전 세계의 많은 한인 교회에서도 함께 기도하고 헌금을 보내 주신다. 온유라는 한 영혼을 위해 전 세계의 교회가 움직인다. 교회는 한 영혼을 위해 움직이는 공동체임을 구체적으로 체험하고 있다. '교회론'이라는 신학적 이론을 떠나 성경에서 말하는 교회의 정체성이 무엇인지 온몸으로 알아가고 있다.

2015년 3월 20일 깊은 새벽 1:11

요즘 우리 가족을 향해 불어오는 고난의 태풍이 더 세어진 듯하다. 신종 플루로 고생한 막내 세빛이에게 새로운 병이 발견되었다.

소아 우울증이다.

나와 아내의 모든 관심과 돌봄이 온유에게 쏠려 있는 동안 막내 세빛이는 친척 집과 지인의 집을 옮겨 다니며 맡겨졌고, 그러다 집에 오면 할머니만 보게 된다. 결국 부모 사랑의 부재가 이런 몹쓸 병을 세빛이에게 안겨 준 것이다.

교수님이 그러셨다.

"이 병은 온유가 겪는 병보다 오래갈 수 있는 심각한 병"이라고….

아내는 세빛이와 함께 야외도 나가고 집에 들어가 함께 잠도 자면서 결핍된 부분을 채우려는 노력을 시작했다. 그래서 온유와 나, 단둘이 있는 시간이 아주 많아졌다.

사순절 기간이다. 예수님의 고난이 공기처럼 숨 쉬는 코로 들어와 내 온몸을 휘감았다. 하루 이틀 만에 끝나지 않고 몇 달 동안 아파하며 신음하고 있으니 내게 부활에 대한 갈망이 얼마나 크겠는가?

오늘도 새벽으로 넘어가는 시간에 온유가 부활절 아침에 예수님처럼 다시 살아나 교회에서 예배할 수 있기를 간절히 바라는 기도를 드렸다. 그리고 이 기도를 반응 없는 온유의 귀에 대고 조용히

"온유는 하나님의 기쁨이야, 온유는 하나님의 즐거움이고 자랑이야. 온

유, 너를 통해 하나님의 영광이 드러날 거야"라고 들려주었다. 가만히 듣고 있던 온유가 평소 발작을 시작할 때 내뱉던 괴성을 지르기 시작했다.

'또 발작이 시작되는구나' 싶어 마음의 준비를 했다.

그런데 놀라운 일이 벌어졌다.

온유가 자신의 두 손을 기도 손으로 만들더니, 울음을 터트리며 그동안 잃어버린 목소리로 절규의 소리를 내질렀다!

"예수님, 예수님, 예수님!"이라고.

너무 놀라고 또 놀라 내 온몸이 경직될 정도였다.

귀로만 듣던 예수님을 눈으로 봤다. 온유의 손을 잡고 펑펑 울었다.

오, 주님!

내 마음과 눈에서 눈물이 끊이지 않는다.

하나님은 추상적인 분이 아니라 실제이고 여전히 일하시는 살아 계신 주님이다.

부활의 예수님을 찬양합니다!

글을 쓰고 있는 지금도 손가락이 떨리고 심장이 쿵쾅거린다.

2015년 3월 21일 오전 10:23

행복한 삶은

문제가 없는 삶이 아니다.

어려움과 고난이 없는 삶은 더더욱 아니다.

행복한 삶은 어떤 극한 상황에서도 웃을 수 있는 하늘의 소망이 있는 삶이다.

며칠 전 온유와 나는 정말 힘든 밤을 보냈다.

이 사진은 항체에 뇌를 공격당한 온유가 발작 증상으로 소리를 지르기도 하고 너무 큰 아픔 때문에 고통의 울음을 쏟아 내기도 하다가 일순간 웃는 모습으로 바뀌었을 때를 포착한 것이다. 들어온 간호사에게 잠시 부탁하여 찍은 사진이다. 사진 속 온유는 웃겨서 웃는 모습이 아니다. 이상 증상의 한 부분일 뿐이다.

하지만 "반드시 나으리라"는 하나님이 주신 소망 중에 거하던 나는, 그런 딸을 봐도 행복해서 웃음이 났다.

같은 시간과 같은 공간에서 딸과 고통을 나눌 수 있다는 것이 감사했다. 육체는 너무나 힘들지만 마음은 최고의 행복을 누리고 있다.

시련과 고통이 행복의 본질을 더 밝고 확실하게 드러내 준다.

오늘 찍은 사진 안에 행복이 무엇인지, 그 진짜 모습이 무엇인지 담겨 있다.

하나님은 참 공평하시다.

시련과 고통을 모두에게 나눠 주시고 행복도 모두에게 나눠 주시기 때문이다. 그래서 삶의 시련과 고통, 어려움을 누구나 가지고 있고, 행복도 누구나 찾을 수 있다.

우리 가족을 위해 정직한 기도를 해주시는 분들을 위해, 그 사랑의 빚을 갚기 위해 나 또한 그분들을 위해 기도한다.

시련과 고통 속에서 행복을 발견하는 기도자 한 분 한 분이 되기를….

어제와 또 다른 소망의 아침이 서서히 밝아 온다.

어제와 또 다른 온유의 모습을 기대하며 늘 맞이해 온 아침을 새롭게 맞이한다.

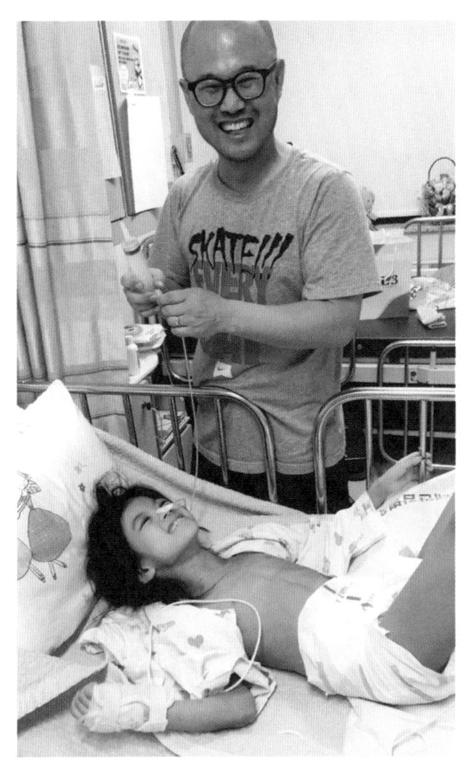

2015년 3월 21일 오후 2:09

여덟 시간씩 3교대를 하는 간호사님이 온유의 약을 가지고 오셨다. 온유의 현재 상태를 보고 너무나 놀라신다. 그리고 내가 "아침에 교수님이 회진 오셔서 그 약 끊으라 했는데요"라고 말하니 더 놀라신다. 간호사들조차 혼란스러울 정도로 복용하던 주사와 약들이 급속도로 줄어들고 있다.

밤이든 낮이든 도움을 요청하면 바로 달려와 주신 참으로 고마운 분들, 함께 힘들어 해주신 간호사들의 놀람과 감사의 웃음을 마주하는 이 광경이 참 재미있다. 이런 장면을 보리라고 어디 상상이나 했던가?

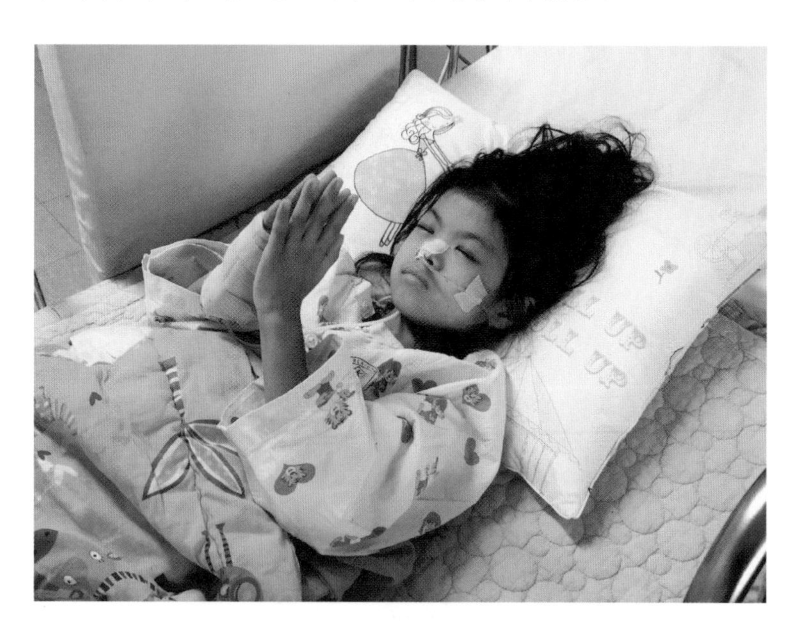

2015년 3월 21일 오후 4:11

봄이 되었다. 날씨가 너무 좋구나.

사망의 음침한 골짜기 속에서 가져온 하나님과의 교제가

또 다른 예배의 수준으로 나를 인도한다.

하나님을 경험한 내용들이 예배 강의 안에 새롭게 장전되었다.

서울 서부제일교회 예배 세미나를 위해 이동하는데 발걸음이 가볍다.

역전의 하나님이 내 안에 가득하다.

새로운 간증들이 뭉클뭉클 살아 꿈틀댄다.

예배는 매일 자라고 살아서 움직이는 생명체와 같다.

어제의 예배와 오늘의 예배가 다르니 말이다.

2015년 3월 21일 오후 5:11

두 번째, 엄청나게 놀라운 기적이 온유에게서 일어났다.

"예수님, 예수님!"이라고 첫 말문을 연 온유는 오늘 사순절 고통 속의 예수님을 부르듯 노래를 불렀다.

> 기다란 나무 막대 십자가는 나를 향한 하나님의 사랑이래요
>
> 뾰족한 가시관에 빨간 피 흘리신 나를 향한 예수님의 사랑이래요

세계 곳곳의 수많은 동역자의 정직한 기도에 치료의 예수님이 고통 중에 있던 온유를 살리셨고 온유 안에서 일하고 계셨다.

지난 1월 20일부터 죽음 안에 있던 온유가 사순절 기간에 의식이 깨어나면서 살아나고 있는 소식을 전할 수 있게 되었다.

정직하게 기도하고 함께 울어 준 동역자들에게 이 사순절 기간 하나님의 일하심을 드러내는 증거로 사용하라고 온유가 깨어나는 모습이 담긴 영상을 보내드렸다. 그리고 페이스북에도 올렸다. 역전의 하나님, 기적의 하나님, 치유의 예수님을 인정하고 찬양하는 글들이 엄청난 속도로 올라오고 있다. 그리고 온유의 이 영상은 여러 사람들에게 급속도로 공유되고 있다.

온유는 부활절에 완전히 회복될 것이라고 믿는다.

살아난 온유는 전 세계에서 날아온 수많은 정직한 기도의 힘이 어떤 응답으로 드러나는지를 보여 주는 생생한 증거가 될 것이다.

아!

일하시는 주님이 감동이고

일어나는 온유가 감동이고

동역자들의 정직한 기도가 감동이다.

2015년 3월 22일 저녁 7:00

내게는 25년 동안 전도하려고 기도해 온 친구가 두 명 있다. 긴 세월 동안 그렇게 애를 쓰며 전도를 했는데 여전히 예수님을 믿음으로 영접하지 않은 친구들이다. 그중 한 명인 창준이는 온유가 중환자실에 누워 있을 때 병문안을 와주었다. 자기도 자녀들이 있는지라 온몸에 바늘이 꽂힌 채 의식 없이 누워 있는 친구 딸아이의 참담한 모습을 보고는 같이 아파해 주었다.

나는 그 이후 내 심경과 온유의 상태 그리고 사진 등을 보내 주며 기도를 부탁했다. 이틀 전 온유가 깨어나는 영상을 보내 주었는데 답문이 왔다.

"하나님의 축복과 온유의 희망이 기적을 만드는구나!"

그리고 오늘 또 다른 문자가 왔다.

"정말 다행이다. 빠른 쾌유를 바란다. 봄눈 녹듯 병상을 박차고 나와 재잘거리는 온유를 보고 싶구나. 초등학생이 된 온유를 기대한다. 온유야, 주께서 너를 지켜 주신다. 힘내자!"

내가 그에게 전화를 걸었더니 이제 예수님을 믿는단다.

그랬다! 고통 속에서 의식 없이 누워 있던 온유를 통해 내가 감히 예상하지 못한 놀라운 일들이 진행되고 있다. 고맙다, 친구야. 고맙다, 온유야!

2015년 3월 22일 아침 7:34

이른 아침에 병원을 나섰다.

시간마다 달라지는 온유를 통한 기적을 맛보며 밤새 뒤척거리다 가족을 뒤로하고 강남터미널로 이동한다.

"온유가 하나님의 영광을 드러내리라"(눅 5:17~26)고 주신 약속의 말씀을 성취하신 하나님을 오늘 집회에서 나누려고 하니 그냥 목이 멘다.

눈을 감았다.

고통 중에 함께 아파해 주신 예수님을 묵상한다.

내 입술에는 "주의 인자하심이 생명보다 나음으로 내 입술이 주를 찬양"이라는 노래가 무한 반복된다. 묵상하고 찬양하고 감사하고 이렇게 전철에서 예배했다.

감사하게도 '의리의 동역자'라고 늘 불러 주시는 순천북부교회의 청년부 집회는 모든 시간이 눈물로 채워질 것 같다.

어찌한다?

그분의 사랑을 생각만 해도 이렇게 눈물이 고이니….

2015년 3월 22일 저녁 7:10

전남 순천에서 집회를 마치고 서울로 올라간다.

예수님의 치유하심을 직접 맛본 나는 초대 교회 교인처럼 복음을 전했다. 거칠 것이 없었다. 내가 직접 만난 예수님을 그대로 전하는 데 무엇이 걸림돌이 되겠는가? 하나님의 영이 운동하시는 예배를 했다. 예수님을 만난 사람들이 왜 순교를 영광으로 알고 받아들였는지 이제야 알 것 같다.

그 사랑이, 그 지독한 예수님의 사랑이 예배하는 내내 나를 미치게 만들었다.

할렐루야!

애썼다며 점심과 저녁을 보양식으로 섬겨 주신 정현준 장로님과 권사님, 부족한 나를 신뢰하시고 늘 섬김의 기회를 주시는 박용철 목사님께 진심으로 감사드린다.

"큰 힘을 얻고 갑니다. 돌아가서 가족을 잘 섬기겠습니다."

2015년 3월 23일 오후 3:19

국민일보의 노희경 기자님이 온유와 우리 가족을 취재하러 오셨다. 온유와 내가 읽을 책과 사랑의 편지 그리고 후원금까지 미리 준비해서 건네주셨다. 온유의 이야기를 페이스북으로 보면서 온유와 같은 자녀를 둔 엄마이기에 기도할 수밖에 없었다며 사랑이 잔뜩 담긴 선물을 주고 가셨다.

이런 인터뷰가 있단 말인가?

진짜 예수를 믿는 사람은 다르다. 왜냐하면 일로 사람을 만나는 것이 아니라 사랑으로 사람을 만나기 때문이다.

노희경 기자님, 감사합니다. 나눠 주신 정직한 기도의 사랑 잊지 못할 겁니다.

2015년 3월 24일 오후 12:29

세 번째 기적을 온유가 보여 주었다.

어제 순천 집회를 마치고 병원으로 돌아오니 자정이 다 되었다. 온유와 세빛이는 자고 있었다. 아무리 피곤해도 웃음을 잃지 않는 아내가

"온유는 함께 성경을 읽다가 잠이 들었다"고 알려 주었고, 아내와 나도 곧 각자의 침대에서 쪽잠을 청했다.

그러고 나서 아침 7시쯤 일어나니 깜짝 놀랄 풍경이 눈앞에 펼쳐져 있다. 온유가 혼자 양반다리를 하고 앉아 성경을 읽고 있는 게 아닌가!처음 본 그 모습에 기겁을 했다. 분명 어제 잠든 온유 머리맡에 성경이 놓여 있었는데, 얼마 전만 해도 의식이 없던 온유가 스스로 성경을 끌어내려 자기 앞에 펼치고 앉아 있는 것이다.

그 광경을 본 순간 온몸에 소름이 돋았고 너무나 감격해서 온유를 꼭 껴안았다. 그리고 어느 부분을 읽고 있나 보았더니 펼쳐져 있는 본문은 지난밤에 엄마가 읽어 준 마태복음 1장 말씀이다.

오, 주님!

온유가 처음 입을 열며 말한 것은 "예수님, 예수님" 하며 부르짖는 기도였다. 그리고 두 번째 말은, 십자가 고난은 자기를 위한 예수님의 사랑이라는 찬양이었다. 그리고 오늘 아침에 놀랍게도 성경을 펴서 마태복음을 읽고 있다.

기도, 찬양, 말씀!

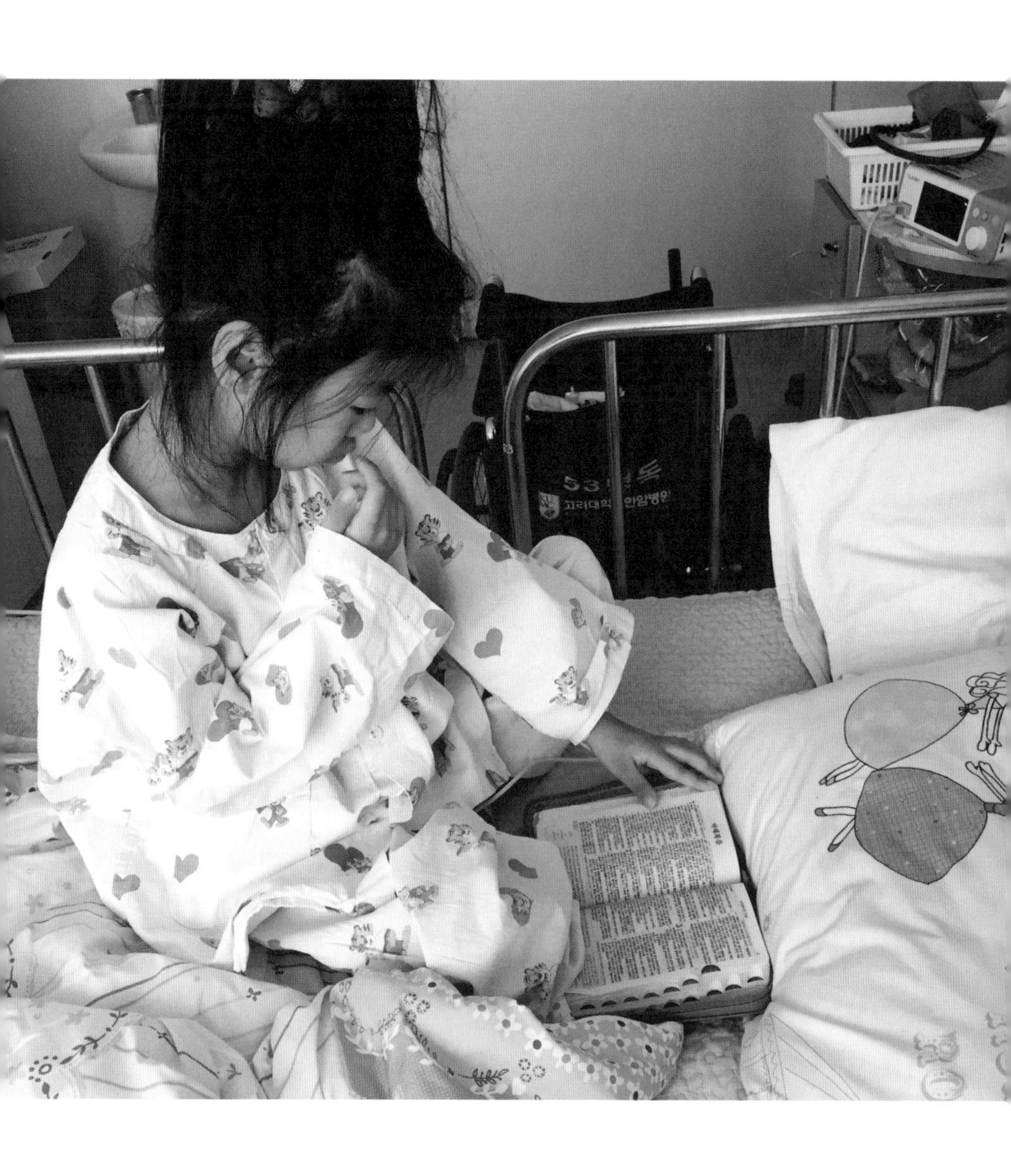

온유는 이 세 가지로 모든 것을 이겨 내고 사망의 그림자를 벗어난 것이다.

전 세계 기독교인들의 정직하고 신실한 기도를 받은 온유는 우리에게 기도의 응답을 이렇게 명확히 보여 주었다.

아! 완전하신 하나님이 정확한 타이밍 '카이로스'에 일하신 것을 보여주셨다.

우리 가족과 온유와 함께 시련과 고통을 나눈 동역자들 모두가 하나님의 영광을 드러내는 사순절, 고난절, 그리고 부활절을 맞이하고 있다.

그동안 촉각을 곤두세우며 온유를 위해 기도하고 행동해 준 귀한 동역자들에게 고맙고 감사하다는 말밖에 할 수 없어 죄송할 따름이다.

이제 온유는 재활을 시작한다.

오랫동안 의식 없이 누워 있었기에 근육이 거의 사라졌다. 특히 음식을 먹지 못해 기능을 발휘하지 못한 목 근육을 회복하는 재활부터 한다. 지금까지 코를 통해 넣은 관으로 영양분을 공급해 왔는데 "주님, 제발 입으로 밥을 먹게 해주세요"라는 애절한 기도를 얼마나 많이 했던가? 아직도 온유는 감정 조절이 힘들다. 재활과 감정에 대해 정직한 기도를 부탁드렸다. 나 또한 기도에 대한 기대감이 이전과는 완전히 달라졌다. 그래서 기도가 즐겁고 기도에 힘이 실린다.

2015년 3월 24일 밤 9:53

금식하며 기다린 온유는 저녁 8시부터 영상실에서 MRI를 찍었고, 치과로 가서 이전에 중환자실에서 발작으로 흔들린 이를 발치했다. 지금은 몹시 아프다는 뇌척수액검사를 위해 처치실에서 전문의를 기다리는 중이다. 통증이 너무 심하기에 마취가 깨지 않아야 한단다. 오늘의 마지막 코스까지 잘 진행되게끔 정직한 기도를 부탁하는 문자를 보냈다.

이제 온유는 병원 직원들과 간호사들, 의사들에게 유명 인사가 되었다. 죽음에서 깨어난 온유가 휠체어를 타고 지나가면 거의 다 알아보신다.

"아, 이 아이 소문 들었는데…."

하나님의 살아계심을 알린 온유는 무엇보다 하나님이 주목하신 아이이다.

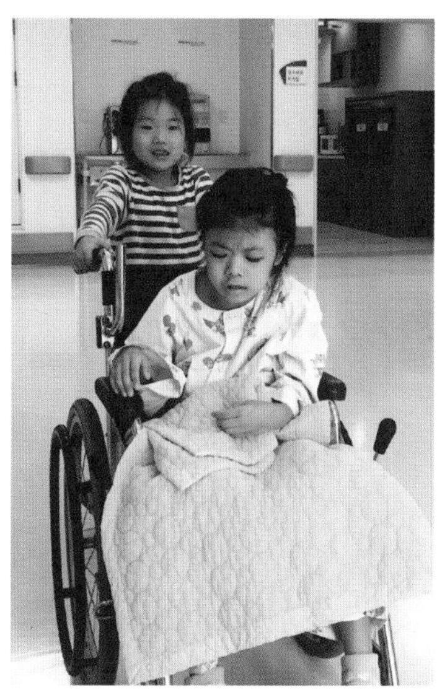

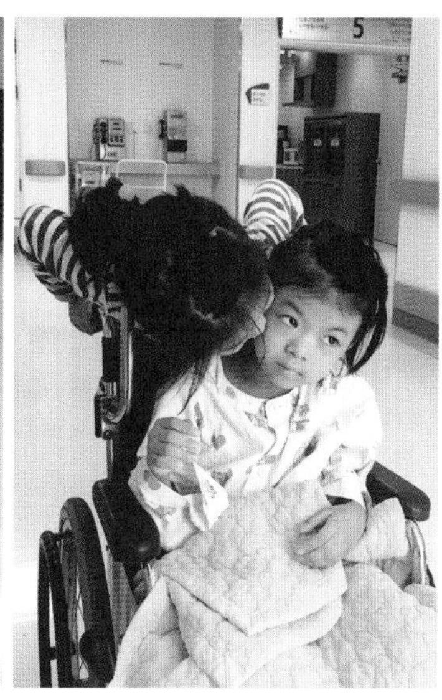

2015년 3월 24일 밤 9:58

의리의 동지 중 한 명인 강훈 목사가 온 가족을 데리고 병문안을 왔다. 특히 강 목사의 딸 예인이는 우리 온유가 너무나 좋아할 선물을 가져왔다. 엄청나게 큰 크레용 가방(7개월이 지난 지금도 온유가 가장 좋아한다)이다.

깊은 신음에 잠겨 있을 때 주위 분들에게 우리의 이야기를 알려 주어 기도의 손길을 모으며 자신의 일처럼 뛰어 준 강훈 목사가 페이스북에 남긴 글이 마음을 친다.

내일 집회차 LA로 출국합니다. 그리고 4월 14일에 돌아옵니다.

그 사이 온유가 퇴원하게 될 것이라는 확신 때문에 꼭 온유를 보고 싶어 온유보다 한 살 어린 딸 예인이를 데리고 온 가족이 출동했습니다. 예인이가 온유에게 응원의 편지를 건네자 서로 얼굴을 보며 알 듯 모를 듯한 미소로 말없이 이해하는 것 같습니다.

온유가 회복되는 과정과 전도사님, 사모님의 고백은 마치 기독교 역사 속에 남을 만한 아름다운 여정이었습니다. 그 여정 속에서 목격자로, 증인으로 함께한 것은 제게 큰 축복입니다.

온유의 승리가 바로 우리의 승리입니다.

온유야, 마지막까지 파이팅이다!

재활 잘해서 더 건강해진 모습으로 만나자. 기대할게.

Case

2015년 3월 24일 밤 10:34

장문의 문자가 하나 왔다. 중학생 딸을 둔 여자 집사님이다. 여러 사람을 거쳐 온유의 소식을 들었고 결국 내 페이스북을 통해 그동안의 시련의 과정을 다 보게 되었다고 하신다. 그리고 자신이 처해 있는 상황을 나누어 주셨다.

딸이 중학생이 되면서 불순종하며 반항하기 시작했고, 머리를 여러 색깔로 염색을 하고 집에는 늦게 들어오기 일쑤였다. 공부 열심히 하는 착한 딸이길 바란 엄마의 기대와는 정반대의 길을 걸어갔다. 딸과 매일 크게 다투었고 현재는 원수지간이 되었다고 고백하셨다. 그러던 중 내가 최근에 올린 기도제목 중 "코를 통해 영양분을 삽입하지 않고, 목의 근육이 살아나 입으로 식사를 하게 해달라"는 부분을 놓고 정직하게 기도했단다.

며칠 전 자식을 가진 부모의 마음으로 우리 온유의 아픔을 자기 자녀의 아픔으로 여기고 기도하는데 문득 '온유는 입으로 밥을 먹는 것이 그렇게 소원인데 우리 딸은 입으로 밥을 잘 먹지 않는가? 온유는 몸의 근육과 단백질이 다 빠져 걷기는커녕 일어나 앉는 것도 어려운데, 우리 딸은 늦게 들어오지만 걸어서 어디에든 원하는 곳에 가지 않나?'라는 생각이 들었다고 했다. 그리고 잊고 있던 일상의 은혜를 다시 발견하면서 딸아이를 다그쳐 자신의 욕심과 잣대로 아이를 몰아간 잘못을 인정하게 되었다고 했다. 결국 자기 때문에 딸아이가 빗나갔음을 깨달았고 딸에게 울며 용서를 구했다. 엄마와 딸은 극적으로 서로를 용서하고 화해하면서 관계가 좋아졌다고 알려 주셨다.

말미에 "전도사님, 온유는 여전히 힘들고 험한 싸움을 하지만 그 온유가 저희 가족을 살려 주었답니다. 미안하지만 온유에게 고맙다고 꼭 전해주세요. 저희도 온유를 위해 정직하게 계속 기도할게요"라고 적어 주셨다.

정말 놀랍다. 하나님의 섭리는 나의 머리로 결코 이해할 수가 없고, 때마다 나타나는 수많은 종류와 방법으로 일으키시는 기적의 소식에 찬양할 수밖에 없다. 온유를 통해 또다시 한 가정을 살리신 하나님을 찬양한다.

온유야, 오늘도 참 수고 많았다.

2015년 3월 25일 새벽 5:05

헤아릴 수 없이 많은 분의 정직한 기도로 온유가 어렵고도 고통스럽다는 척추수액 채취를 잘 마쳤다. 처치실에서 간간이 들려오던 온유의 고함소리에 마음 졸이며 기도했는데 기도가 모아진 덕분에 우리 온유는 잘 견뎌 냈다.

척추수액검사를 마치면 거의 네 시간은 머리와 어깨 등 몸을 움직이지 못한다. 그래서 나는 밤 11시 30분부터 새벽 3시 30분까지 몸부림치는 온유 곁에서 움직이지 못하도록 지켜보았다. 조금이라도 온유가 움직이는 낌새가 있으면 두 손으로 온유를 붙잡아야 하기에 잠시도 졸 수 없었다.

새벽에 방송 녹화가 있어 CTS 사옥으로 갔다. 그곳에도 이미 온유의 사연을 알고 있는 분들이 계셨다. 특히 요즘 의식을 회복하고 있는 온유가 가장 즐겨보는 『TV 동물 농장』의 진행자이자 CTS 프로그램을 진행하는 정선희 씨가 녹화가 끝난 뒤 응원 영상을 만들어 주었다. 어디서든 새로운 사람들을 만날 때마다 알게 되는 것은 삶 속에 시련과 고난이 없는 이가 없다는 사실이다. 그래서 온유를 통해 위로와 격려를 받고 힘과 용기를 내시는 분들을 많이 접한다.

오늘 마음이 짠한 것이 하나 있는데 온유의 기억력이다. 말을 조금씩 시작하는 온유에게 대답을 해주었는데도 같은 질문을 반복한다. 조금 전 먹은 음식 이름조차 기억하지 못한다. 회복의 과정이라 생각하며 더 깨어 기도해야겠다.

이전에 온유를 담당한 교수님의 말씀이 생각난다.

"뇌에 아주 강한 치료제가 지속적으로 사용되었기에 언제 의식이 돌아올지 모르지만 혹시 의식이 돌아온다 해도 지난 8년간의 모든 기억을 잊을 수도 있습니다."

나는 확실하게 나음을 입고 부활절에 교회에 가는 예쁜 딸아이 온유의 모습을 보기를 소망한다.

2015년 3월 25일 저녁 6:19

일주일간 온유에게 급격한 변화들이 일어났다.

코를 통해 위로 영양분을 공급하던 호스를 제거하고 입으로 먹을 수 있기를 그렇게 기도했는데, 드디어 오늘 콧줄을 제거하고 죽과 과일, 요플레, 푸딩 등의 음식을 섭취하기 시작했다!

아, 정말 감격이다. 할렐루야!

이전의 일상으로 발걸음을 옮기는 기적들이 매일매일 나타난다. 페이스북에 올린 온유의 회복 소식에 전 세계 곳곳에서 사랑과 응원을 표현해 주신다. 온유와 함께 이 길을 걷는 것이 얼마나 감격스러운지 모른다. 지인들뿐만 아니라 전혀 모르는 분들이 주안에서 형제, 자매로 기도와 마음을 나누었다는 이유로 병실을 방문하고 사려 깊은 마음이 담긴 선물을 택배로 보내 주신다. 선물을 받는 온유의 얼굴도 한결 밝아졌다.

지난 두 달 동안 수많은 동역자의 기도와 사랑을 먹고 견뎌 왔다. 울고 있던 우리 가족에게 다가와서 함께 울어 주고 위로와 응원으로 격려해 주셨기에 시련의 골짜기를 건너왔다.

어제도 매일 릴레이 기도를 선포해 주신 존경하는 김정현 담임목사님과 김영미 사모님이 양손 가득 장을 봐 주시고, 밤에는 처음 만나는 청년들이 온유의 잃어버린 생일을 축하해 주었다. 조금 전에는 지인 부부가 방문해 실바니안 인형으로 마음을 표현해 주었다. 이런 분들이 셀 수 없이 많아 이젠 어떻게 이 사랑을 갚아야 하나 고민하고 있다. 다들 바쁜 삶을 살아가는 빠듯한 사람들인데 이렇게 온유를 생각하여 진한 사랑을 베풀어 주셔서 그 어느 때보다 행복한 시간을 보내고 있다.

온유는 오늘 재활에 중점을 두고 치료를 받았다. 저녁에는 MRI를 찍어 현 상태를 점검할 예정이다. 사실 온유는 어젯밤 잠을 한숨도 자지 못하고 이제야 잠들었다. 내게 마음 놓고 기도할 시간이 생겨 감사하다. 부활절에 완전히 일어날 온유를 기대하면서 역전의 하나님께 정직하게 기도해 준 많은 동역자들을 위해서도 일하시길 기도한다. 요즘은 온유보다도 정직하게 기도해 준 사람들에게 사랑을 갚으려고 그분들을 위한 기도를 더 많이 하게 된다.

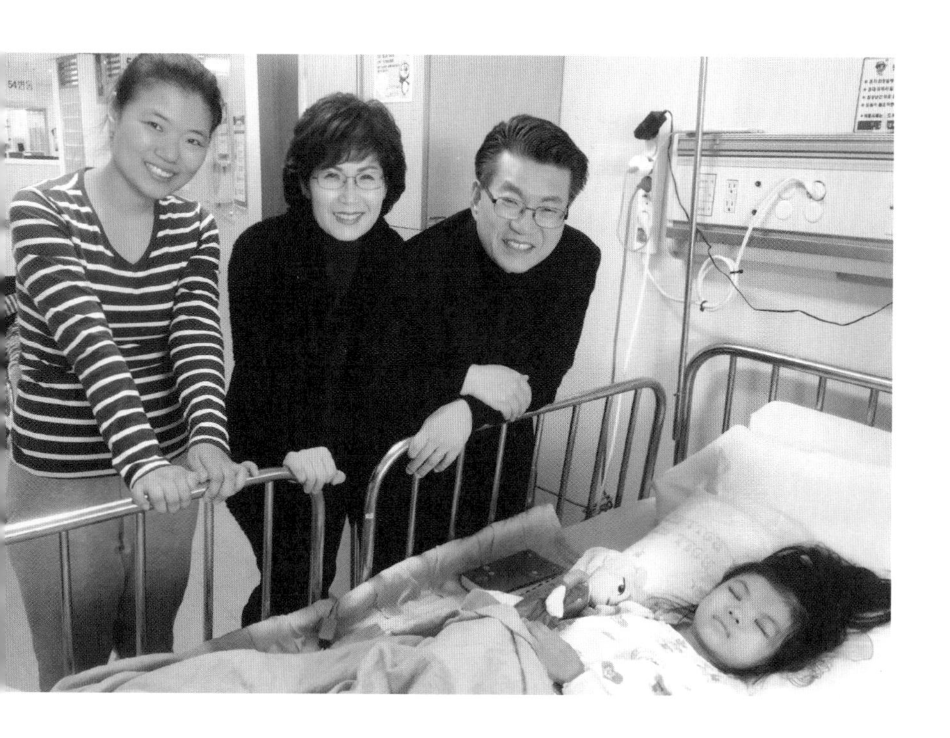

2015년 3월 26일 아침 7:23

하나님이 일하시게 만드는 기도는 정직한 기도와 순결한 기도이다. 수많은 분들이 우리의 상황을 정확하게 알고 수시로 연락을 주신다. 정직하게 기도하고 있다는 증거이다.

순결한 기도는 말씀을 기준으로 자신을 돌아보게 한다.

그리고 자신의 죄를 먼저 회개하게 만든다.

내가 내 마음에 죄악을 품으면 주께서 듣지 아니하시리라(시 66:18)

온유가 살아난 것은 회개기도가 있었기 때문이라 확신한다. 이런 기도가 치유하시는 예수님을 움직인다. 온유가 큰 경련을 일으키고 무의식으로 들어갔을 때 내게 주신 말씀은 “사람들이 그를 위하여 예수께 구하니 예수께서 가까이 서서 열병을 꾸짖으신대 병이 떠나고”(눅 4:38~39)였다.

수많은 사람들이 온유를 위하여 예수님께 구한 정직하고 순결한 기도가 온유를 낫게 했다. 온유를 통해 일하신 예수님을 보고 오늘도 세계 곳곳에서 자신의 아픔을 나누며 기도를 부탁하는 문자들이 온다. 받은 사랑만큼 기도가 필요한 그분들에게 흘러가도록 나 또한 정직한 기도의 동역자가 되기를 더욱 힘쓰고자 한다.

2015년 3월 26일 오후 2:23

온유가 어제부터 오른손에 통증을 호소했다. 의식이 생기니 아픔에 반응을 보이기 시작한 것이다. 이전에는 혈관이 터져 밤새 팔 전체가 퉁퉁 부어도 아무 반응이 없던 온유가 이젠 아픔에 반응한다. 온유에게는 너무나 미안하지만 사실 이런 변화가 내게는 얼마나 기쁜 소식인지 모른다.

그러나 마음은 계속 아리다. 아직 영양분을 공급하는 혈관주사가 주는 고통이 있다. 대신 아프고 싶은 아비의 마음은 변함없다.

아침 식사를 대하는 온유를 아내와 나는 계속 격려해 주었다.

"온유야, 식사를 잘해야 마지막 주사를 뺄 수 있으니 함께 도전하자"고. 그 말을 알아들었는지, 온유는 아침을 열심히 먹었다. 온유의 말 한마디, 행동 하나하나에 기도가 묻어 있는 것 같아 감사가 넘친다.

결국 오전 회진 때 담당교수님과 주치의들의 허락 하에 온유의 몸에서 마지막 주삿바늘을 제거했다. 할렐루야! 할렐루야!

너무너무 기뻐서 간호사님께 기념사진을 찍어 달라고 부탁했다. 지금 온유는 신경 생리 검사를 위해 마취한 후 검사실로 들어갔다. 무엇을 하든 온유의 한 걸음 한 걸음에 기도를 묻는다.

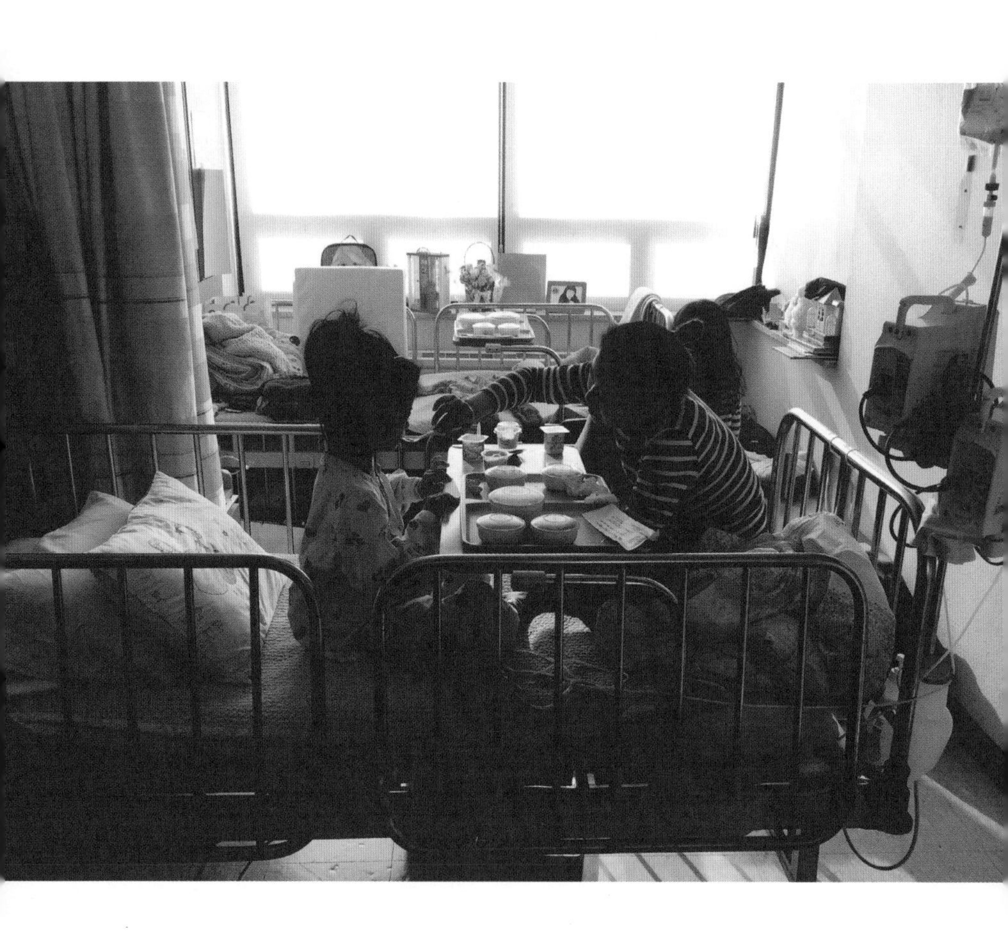

2015년 3월 27일 오후 12:29

예수님이 치유하시니 온유는 급속도로 회복하고 있다.

조금 전 온유를 돌봤던 간호사님이 들어와 "진행이 어떻게 되는 줄 모르겠다"고 했다. 하루 이틀 사이에 약도 거의 다 끊고 주삿바늘이 사라졌으니 그럴 만도 하다.

오늘은 온유의 회복에 변정혜 교수님도 깜짝 놀라 박수까지 치고 가셨다. 하나님은 이번 시련의 여정에 정말 실력 있고 성품 좋은 교수님과 주치의 선생님 그리고 간호사님들을 우리 가정에 붙여 주셨다. 이분들에 대한 감사는 우리 가족에게 깊이 스며 있다. 재활의 강도를 높이고 퇴원을 고려하기 시작했다.

아마 다음 주면 퇴원할 것 같다고 한다!

나는 속으로 "당연하지요!"라고 외쳤다.

다음 주가 부활주일이기 때문이다.

오늘도 우리 가족은 즐거운 마음으로 감사하며 주변을 정리하고 열심히 움직인다. 부활주일에 예배당에서 온유와 우리 가족이 예수님의 부활을 기뻐하기 위하여!

2015년 3월 28일 오전 9:23

온유는 지난 두 달 넘게 어떤 반응도 감지하지 못하는 중환자로 지냈다. 마치 아픈 신생아의 모습이었다. 최근까지 기저귀를 사용했다. 이제 기도하며 깨어난 온유는 매일매일 어제와 다른 하루를 만들어 간다.

몸을 점령한 주삿바늘이 제거됐고, 우리의 절박한 기도제목 중 하나인 영양 공급 콧줄도 뺐다. 온유가 입으로 영양분을 조금씩 섭취하기 시작하면서 마지막 남아 있던 혈관 주사도 뽑혀 나갔다. 어제는 기저귀마저 떨어져 나갔다. 아침에 일어나 온유의 대소변을 받아 주는데 얼마나 감정이 격해지던지 온유에게 눈물을 보이지 않으려고 꾹 참았다.

조금 전에 내가 중환자실 극한의 상황에서 받은 말씀인 누가복음 4장 38절, 39절을 온유에게 들려주고 예수님이 온유 안에서 어떻게 일하셨는지 설명했다.

온유는 부은 눈을 껌뻑이며 가만히 듣고 있었다. 창문을 통해 들어오는 따뜻한 봄 햇살같은 주의 은혜가 우리를 덮었다.

오늘 국민일보에 우리 가족 이야기가 실렸다는 연락을 받았다. 하나님의 개입하심과 예수님의 치유하심 그리고 말씀의 성취하심이 수많은 정직한 기도자들을 통해 일어났고 기적의 치유가 임했다. 온유의 시련으로 하나님은 우리의 정직한 기도를 통해 일하시는 분임이 확연히 드러났다. 특별히 그분의 영광이 고난절과 부활절에 극명하게 드러나길 소망한다.

2015년 3월 28일 오전 10:17

온유가 "배가 고프다" 한다.

이 소리를 얼마나 기다리고 그리워했는지 모른다.

할렐루야! 하나님, 영광을 받으소서!

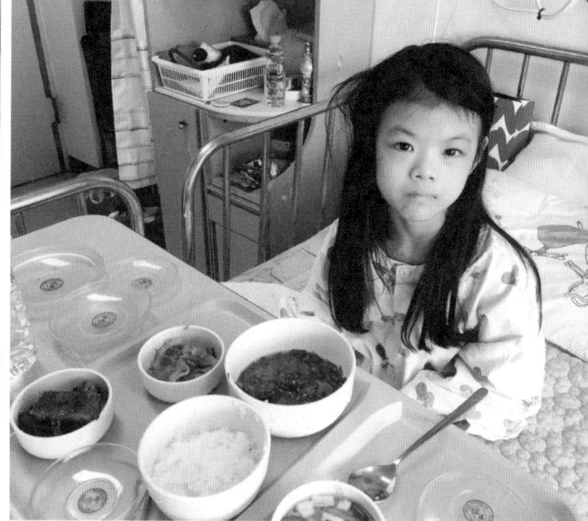

2015년 3월 28일 밤 10:29

기적!

또 기적이 일어났다.

예수님이 부르시자 죽은 나사로가 무덤에서 일어나 뚜벅뚜벅 걸어 나온 것처럼 온유가 신발을 신고 병실을 걸어 나왔다.

아직은 제대로 앉는 것도 불가능해 보이던 온유가 마른 막대기 같은 다리로 어찌 이렇게 걷는단 말인가?

내가 이전에 받은 두 번째 약속의 말씀은 누가복음 5장 17절에서26절에 나오는 중풍병자 사건이다. 침상을 든 사람들이 지붕을 뚫고 중풍병자를 예수님 앞에 내려 치유 받게 한 엄청난 사건을, 주님은 나의 이야기로 받으라고 주셨다.

그때 나는 '정직하고 신실한 기도자들이 온유의 침상을 들고 예수님 앞에 갈 것이라' 믿었고 끊임없이 기도를 부탁드렸다. 그리고 나음을 입은 중풍병자가 하나님께 영광을 돌렸을 뿐만 아니라 그 사건을 본 모든 사람이 놀라 하나님께 영광을 돌린 사건을 기대했다.

온유가 병실을 걸어서 나옴으로써 그 말씀이 성취된 것이다. 우리는 예수님의 치유하심의 절정을 보았다.

할렐루야!

그 사람이 그들 앞에서 곧 일어나 그 누웠던 것을 가지고 하나님께 영광을 돌리며 자기 집으로 돌아가니 모든 사람이 놀라 하나님께 영광을 돌리며 심히 두려워하여 이르되 오늘 우리가 놀라운 일을 보았다 하니라(눅 5:25~26)

온유는 곧 집으로 돌아갈 것이다. 말씀의 성취를 이루어 가고 있다.

너무 놀랍고 감사해서 정직하고 신실하게 기도해 준 동역자들에게 문자를 보냈다.

"우리의 기도로 드러난 하나님의 영광을 전해 주세요!"

2015년 3월 29일 아침 6:30

밤새 뒤척이다 이른 아침에 일어나 주님을 찬양한다.

끝까지 하나님을 신뢰했더니 그분이 예수 그리스도를 통해 모든 상황을 역전시키셨다. 중환자실에서 죽어 있는 듯한 온유를 보며 끊임없이 나 자신에게 들으라고 고백한 말씀이 있다.

하나님은 우리의 피난처시요 힘이시니 환난 중에 만날 큰 도움이시라 그러므로 땅이 변하든지 산이 흔들려 바다 가운데에 빠지든지 바닷물이 솟아나고 뛰놀든지 그것이 넘침으로 산이 흔들릴지라도 우리는 두려워하지 아니하리로다(시 46:1~3)

나는 이 고백에 반응해 주시고 언약의 말씀을 주시고 성취하신 주님을 찬양한다. 그분의 선하심을 맛보아 예배한다. 새로운 예배를 오감으로 맛본다. 예배는 나 자신이 맛본 하나님을 고백하고 인정하여 선포하는 것이다. 이 노래를 부르며 새로운 주일 아침을 맞이한다.

2015년 3월 29일 아침 7:48

온유와 함께 아침 인사를 한다.

굿모닝, 예수님!

그리고 정직한 기도의 동역자 여러분!

2015년 3월 30일 아침 7:35

데스퍼레이트 밴드의 기타리스트 지형이가 자신의 개인 공연을 마치고 병원에 들렀다. 그리고 봉투를 내밀었다. 공연 후 판매된 자신의 1집 앨범 수익 전부란다. 받을 수 없었다. 그러나 지형이는 처음부터 온유의 후원을 위해 기획한 공연이니 꼭 받으라고 한다. 한눈에도 두툼해 보이는 후원금 봉투를 차마 거절할 수 없었다. 뮤지션의 생활고를 누구보다 잘 아는 나인데 그걸 받게 만드는 사랑의 힘에 눌리고 말았다.

정직한 기도에 담긴 사랑에 감동한 예수님이 온유를 살려 주셨다.

정직한 기도 동역자들의 지독한 사랑에 움직이신 예수님이….

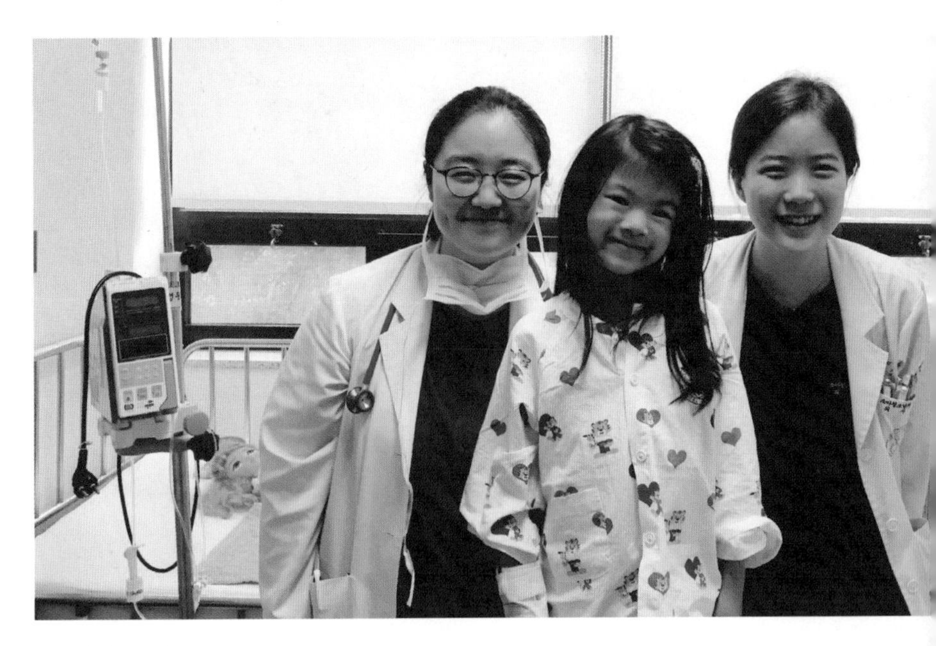

2015년 3월 30일 저녁 7:12

조금 전에 교수님과 주치의 선생님이 회진을 오셔서는 드디어 내일 오전 온유의 퇴원을 허락해 주었다. 할렐루야!

물론 항암치료와 재활은 집과 병원을 오가며 계속 받아야 한다. 불과 얼마 전 중환자실에서의 삶에 비하면 이건 정말 아무것도 아니다. 방금 온유 병실에 얼굴도 모르는 간호사님이 방문했다. 페이스북을 통해 온유의 영상을 보고 자신이 근무하는 병원임을 알게 되어 퇴근 전에 병동을 돌다가 찾아왔다고 한다.

잠시 기도를 하시더니 "온유와 함께 맛있는 것 사드세요" 하며 봉투를 내밀어 주셔서 우리 모두 눈시울을 적셨다. 이런 사랑이 어디 있을까?

그래, 지금 우리가 누리는 이 기적은 온유의 고통을 자신의 아픔으로 받아들인 사람들의 정직한 기도와 행동하는 사랑이 채워지고 채워지다 흘러넘쳐 온유의 혈관을 통해 온몸에 퍼지면서 일어난 은혜의 사건이다. 이런 은혜를 누리게 해주신 정직한 기도 동역자들에게 보답하고 싶다. 그 사랑을 결코 잊을 수 없다. 그래서 같은 심정으로 함께 걸어와 준 동역자들이 주님과 더욱 깊은 교제를 갖는 의미심장한 고난주간이 되기를 정직하게 기도한다.

퇴원 소식을 접하니 가슴이 벅차다.

그동안 꿈꾸고 기도해 온 부활주일 아침, 주의 성소에서 온유와 온 가족이 예배할 수 있는 날을 맞이할 수 있게 된 현실에 심장이 두근거린다.

2015년 3월 31일 오후 2:58

오늘 임우현 목사님이 진행하시는 CTS 라디오 <번개탄>에 출연하러 간다.

우리 가족이 병원에 있는 동안 바쁜 사역을 감당하면서도 늘 전화로 온유의 상태를 점검하고 기도해 준 임우현 목사님이 며칠 전에 연락을 주셨다. 자신이 진행하는 라디오에서 '특집 온유 퇴원 축하 방송'을 준비했으니 정직한 기도의 힘과 주님의 일하심을 적나라하게 나눠달라고 나를 초청하셨다.

기도해 주시고 사랑을 나눠 주신 전 세계의 동역자들에게 이렇게라도 감사한 마음을 전하는 기회가 주어져 기쁘다.

2015년 3월 31일 저녁 6:01

점심 즈음에 온유가 드디어 퇴원했다.

4월 중순경부터 한 달에 한 번씩 2박 3일 동안 입원하여 항암치료를 해야 한다고 한다. 물론 재활운동도 해야 한다.

데스퍼레이트 밴드의 덕웅이가 찾아왔다. 곁에 있어 주는 한 사람 한 사람이 고맙다. 인생에 당연한 것은 없기 때문에 이 사랑의 빚을 늘 가슴에 품을 것이다.

온 가족이 72일간의 긴 여행을 마치고 병원을 나섰다.

코끝을 스치는 공기가 달랐다.

주님이 이식해 주신 믿음의 새 심장으로 숨을 쉬니 당연히 이전의 공기와 다를 수밖에 없다.

급하게 병원 문에 들어서는 환자들을 보니 72일 전 정신없이 이 병원을 찾던 우리 모습 같아 만감이 교차했다.

수많은 동역자들의 기도 중심에 서 있는 온유는 이렇게 일상으로 돌아왔다.

4월 그리고

내가 널
이렇게 사랑한단다

2015년 4월 1일 아침 7:11

집으로 돌아온 아침.

눈부신 봄 햇살에 눈을 뜨니 그새 동역자들의 사랑이 도착해 있다. 온유 퇴원 축하한다고

천안에서

일산에서

광주에서

그리고 미국에서

빨리 회복하라고 영양제, 비타민, 과일,

빨리 걸으라고 신발도 보내 주셨다.

창문을 열고 신선한 아침 공기를 맡으며

오랜만에 집에서 잠을 잔 온유를 위해 아침식사를 준비했다.

정말 집에 온유가 있나 싶어 아이들 방으로 가니

우리 온유가 자고 있다.

침대에 누워 있는 온유의 얼굴이 아직은 창백하지만

그냥 온유가 살아 있다는 것만으로 감사하다.

쌀을 씻고 밥을 안치고 반찬을 만들고 식탁을 정리하며

수저를 놓으면서도 끊임없이 중얼거리는 내 입술의 고백은

그저 감사뿐이다.

아침마다 주의 성실하심이 새롭고 주의 은혜가 하루를 열어 주시니 어제

와 오늘이 같을 수 없다. 그래서 일상이 기적이다.

주의 인자는 끝이 없고 그의 자비는 무궁하며
아침마다 새롭고 늘 새로우니 주의 성실이 큼이라
성실하신 주님

2015년 4월 2일 저녁 7:01

이사를 하게 되었다. 정들었던 보금자리를 내일 떠난다. 아내의 지인들이 찾아와 아쉬움을 나눈다.

자리를 비켜 주려고 아내에게 "바람 쐬러 나갔다 올게" 하고 집을 나섰다.

딱히 가고 싶은 곳도 갈 곳도 없어서 자동차에서 쉬고 있다.

하늘이 흐리더니 비를 뿌린다.

자동차 천장을 치는 따닥따닥 빗소리가 정겹다.

이 소리를 들을 수 있어 참 좋다.

지난 두 달 반은 세상 어떤 소리도 내 귀에 들리지 않았다.

다시 일상의 소리가 들리니 너무 행복하다.

감사하고 기도하고

찬양하고 기도하고

들어오라는 아내의 전화를 기다리며 이른 저녁의 쉼을 누린다.

2015년 4월 4일 아침 7:29

요 며칠 많이 헷갈린다.

내가 눈 뜨는 곳이 집이라니!

병원에서 퇴원할 때 담당교수님이 "워낙 강한 약물의 영향으로 온유의 뇌 사이즈가 작아졌다"고 하셨다. 온유가 어제의 일을 바로 기억해 내지 못한다. 그러나 기력을 회복하면 이 부분도 완치되리라고 믿는다.

'사실 온전한 뇌도 평생 아주 일부분밖에 사용하지 못하지 않는가. 뇌 사이즈가 작아졌다면 더 많이 사용하면 되지'라는 생각으로 재활에만 신경을 쓰기로 했다.

온유에게 동생 세빛이가 좋은 자극제가 되고 있다. 기분 좋을 때도, 화가 날 때도 참새처럼 조잘거리며 논다. 인형놀이를 할 때도 항상 세빛이가 옆에 있다. 소아 우울증으로 고생한 막내 세빛이가 언니의 입과 손과 머리가 지속적으로 움직이도록 하여 재활에 큰 영향을 끼치고 있다.

6살 어린아이가 하나님의 손에 사용되니 이렇게 중요한 역할을 한다. 아무리 연약하고 볼품없고 가진 재능과 물질이 없다 해도 주님이 사용하시면 모든 문제의 잠금 장치를 여는 열쇠가 된다.

평소의 생각이 눈앞에서 증명되니 기쁨이 솟는다.

기분 Up, Up, Up!

최근 가까운 목사님이 "온유가 중환자실에 입원한 후 갑자기 많은 사람의 관심과 기도를 받았을 때 잠시 이벤트 같은 일시적 사건이 되면 어쩌나 걱정했는데, 석 달이 지난 지금까지 정직한 기도가 일어나고 있다는 사실에 놀라움을 금할 수 없습니다. 하나님께서 우리에게 던지시는 메시지가 분명 있습니다!"라고 말씀해 주셨다.

그렇다. 나도 이 부분에 대해 한국 기독교인들의 저력을 온몸으로 느낀다. "네 이웃을 네 몸과 같이 사랑하라" 하신 예수님의 명령을 따르는 순결한 그리스도인들, 이웃의 아픔을 자신의 아픔으로 받아들여 함께 울어 주는 그리스도인들이 이 땅에 많이 있음을 증명해 준 사건이다. "한국 교회가 무너져 가고 있다"고들 하지만 한국 기독교는 숨어 있는 순결한 주의 백성들을 통해 이 땅에 하나님 나라를 세워갈 것이라는 분명한 소망을 발견했다.

나는 사망의 음침한 계곡을 걸어오며 내가 어떻게 사역을 해 나가야 할지에 대한 새로운 방향도 잡았다.

온유는 집 부근의 지행초등학교에 입학하기로 했다.

아, 온유가 학교에 가다니!

2015년 4월 4일 오후 12:21

이사 후 첫날 정리할 것이 산더미인데 막내 세빛이가 놀아 달라고 하여 놀이터로 나왔다.

아이들이 나를 필요로 할 때 주님을 섬기듯 기쁨으로 최선을 다해 섬길 것이며 놀아 주는 것이 아니라 함께 놀 것이다.

뼈에 사무치도록 엄청난 대가를 치르고서야 얻은 교훈이다

2015년 4월 4일 오후 5:22

이삿짐 정리를 하는데 우리와 자신의 생명을 바꾸신 예수님의 그 지독한 사랑이 머리에서 떠나지 않는다. 이천 년 전에 일어난 사순절, 고난절 그리고 부활절 사건이 내겐 어제의 일처럼 느껴진다.

살아서 일하시는 예수님을 직접 보고 들은 초대 교회의 교인 같은 마음이 내 안에 가득한 것은, 온유를 통해 예수님을 보았기 때문이다. 내게 던져진 혹독한 시련과 고통은 예수님을 더 깊게 만나도록 해준 특별한 은혜였다.

2015년 4월 5일 부활절

부활절 아침이다.

이토록 가슴 뛰는 부활절은 내 인생 처음이다.

그렇게 기도하고 기다렸던 부활절이 아니던가!

동두천 동성교회 예배당 긴 의자에 온유와 앉았다.

최근 몇 달 동안 내 인생을 몰아친 사건들이 영화처럼 지나가니 울컥하기도 하고 감사의 웃음이 나오기도 했다.

광고 시간에 김정현 목사님이 "우리가 그렇게 기도했던 온유가 오늘 부활절에 교회에 나왔습니다. 가족이 다 나와서 인사해 주시죠"라고 강단 앞으로 초청하셨다.

한 발 한 발 내딛는 온유의 걸음을 보는 성도님들은 감격과 감사의 함성, 그리고 뜨거운 박수로 환영해 주셨다.

온유를 통해 하나님이 제게 보여주고 싶으신 것은 '내가 널 이렇게 사랑한단다'라는 사실이었나 봅니다. 온유에게 전도사님의 사랑스런 가족에게 참 감사해요~ 온유를 통해 저도 살아난 행복한 부활주일입니다!"

부활은 이천 년 전 과거의 한 사건이 아니라, 현재 우리에게 일어나고 있는 실제이다. 할렐루야!

Invitation

다시 살아난

온유의 생일에
여러분을

초대
합니다

2015.5.2 (토) 저녁 7시 일시

서울 노원구 중계동 삼일교회 장소

약도는 별면을 참조하세요!~

2015년 4월 16일

온유의 생일 축하 겸 감사 예배를 드리기로 했다. 김영길 목사님과 이강희 전도사님의 배려로 서울 노원구 중계동에 있는 삼일교회에서 5월 2일 토요일 저녁 7시에 갖는다.

이번 행사를 준비하는 이유가 두 가지 있다.

첫째는 지난 2월 1일 온유의 생일날, 나는 무의식중에 있는 온유에게 약속했다. 깨어나면 축하하지 못한 이 생일을, 꼭 다시 축하하자고 한 바로 그 약속이다.

둘째는 이스라엘 민족을 이집트에서 구해 내신 하나님, 열 가지 재앙 중 마지막 재앙인 장자의 생명을 치실 때 이스라엘 백성은 구별해 지켜 주신 하나님을 잊지 않기 위해 기념한 유월절처럼 정직하게 기도해 주신 동역자들의 사랑을 잊지 않기 위함이다.

정직한 기도자들의 기도에 응답하셔서 온유의 생명을 건지시고 치유하신 예수님을 잊지 않기 위해 이번 감사 예배를 준비한다.

나의 사랑하는 공동체 데스퍼레이트 밴드와 함께 한다.

2015년 4월 28일

전남 광주의 부림교회 집회에 초청받아 내려갔다. 자그마치 열다섯 번째 초청받는 집회다. 한이호 목사님과 아침 식사를 하면서 지난 2011년 두레교회 전임 사역자로 섬길 때의 일을 나누었다.

나는 안전하고 편안함에 익숙해져 가는 교회 사역 속에서 영적 야성이 떨어져 가고 있다는 사실을 발견하고 "주님, 제게 시련을 주십시오!" 라는 참 무모하고도 무식한 기도를 했었다. 그러자 시련은 바로 다음 날부터 시작되었고, 최근에는 온유를 통해서 시련을 원한 기도 응답의 정점을 찍었다. 그러고는 하나님이 좋아하시는 기도가 어떤 것인지 확인하는 기회가 되었다. 시련은 내게 하나님의 마음을 알게 하는 통로가 되었다.

아침 식사 후 새벽 기도의 냄새가 배어 있는 예배당에 나왔다. 주위에 시련 중에 있는 동역자들을 위해 기도했다.

"그분들도 하나님의 본심을 알게 해주세요."

나에게 혹독한 시련을 주신 주님의 본심을 알고 나니 세상의 미련보다 천국의 소망이 더 새롭다.

기도가 끝나 일어서니 다른 분이 기도하러 예배당에 들어오신다. 기도하는 사람이 끊이지 않는 부림교회가 참 아름답다.

주님, 이 세대를 향한 주님의 마음이 부림교회를 통해 흘러가게 하소서!

2015년 4월 29일

온유 생일 축하 겸 감사 예배가 이번 주말로 다가왔다. 저녁에 삼일교회로 가서 두 시간 정도 음향 장비와 상태를 점검했다.

며칠 전 유명한 실력파 엔지니어인 조명연 형제와 고보람 형제가 온유의 생일 축하 감사 예배 소식을 페이스북으로 보고 먼저 전화를 주어 함께하게 되었다. 게다가 필요한 장비도 주위에 부탁해서 마련해 주었다. 장비에 대한 전화를 받은 사람도 결국 내가 아는 권진형, 송요섭, 장재영 CCC 음악선교부 간사님들인데 "장 전도사님의 따님 온유와 함께하는 집회인데…"라고 명연 형제가 간사님들에게 운을 떼니 그쪽에서 아예 장비를 싣고 오겠단다.

그저 감사하다.

세팅 작업을 끝내고 헤어지면서 물었다.

"함께해 주어 너무 고맙다. 그런데 어떻게 이렇게까지 도움을 주고자 했니?"

"그냥 마음이 갔어요. 좋은 마음이…."

난 그 말이 무슨 의미인지 알기에 그저 고개만 끄덕였다.

집으로 돌아가는 전철 안, 받은 복을 세면서 피로로 느슨해진 마음을 조이고 감사로 예배한다.

2015년 4월 30일

병원에서는 너무 강한 약으로 인해 온유의 뇌 사이즈가 작아졌다고 했다. 그리고 혹시라도 온유가 깨어나면 이전의 기억이 완전히 지워질 수도 있다고 했는데 최근 온유는 급속도로 빠르게 회복되고 있다. 오늘 아침에 아내가 털어 놓은 "어제 일을 조금도 기억하지 못하는 것 같다"는 말로 걱정이 없는 것은 아니다.

그런데 오후에 온유는 이전에 아내가 읽어 준 혹부리 영감 이야기를 정확하게 구현해 냈다. 온유가 우리의 얕은 걱정을 봄바람에 날려 버렸다.

2015년 5월 1일

죽음에서 살아난 온유를 축하해 주러 온 분들을 맞이하러 우리는 온유와 감사 선물을 준비한다.

이전엔 온유를 통한 아픔으로 가슴이 미어졌지만 오늘은 온유를 통한 감사로 가슴이 미어진다.

"내게 하신 약속을 지키신 하나님께 나 또한 딸의 죽음 앞에서 그분께 고백하고 약속했던 것을 지키며 살리라"고 다짐한다.

2015년 5월 2일

오늘 감격의 '온유 생일 축하 겸 감사 예배'를 가졌다.

데스퍼레이트 밴드는 물론이고, CCM 사역자인 동방현주, 주리, 해나리 분들이 순서를 담당해 주었다. 설교는 동두천 동성교회 김정현 담임목사님이, 축도는 CTS TV <미라클 아워>를 진행하는 브라이언 박 목사님이 섬겨 주셨다.

이분들이 유명하기 때문에 온유를 위한 모임에 초청한 것이 아니다.

온유와 함께 아파해 주고 기도해 주신 분들이고 생일을 축하하러 오겠다고 자원하여 내게 미리 연락을 주신 분들이다.

그래서 오시는 김에 노래와 연주 그리고 설교와 축도를 부탁드렸는데 "제가 이 모임의 순서를 맡아도 됩니까?"라고 되물으며 기쁘고 겸손하게 허락해 주셔서 더 감동이 되었고 의미가 깊었다.

이번 모임은 어느 것 하나 억지로 준비한 것 없이 모든 순서가 물 흐르듯 자연스럽게 펼쳐졌다.

축하객들 중 많은 분이 가족을 데리고 오셨다. 다들 온유의 고통을 가슴에 안고 정직하게 기도해 준 분들이라 가족 모임으로 함께하셨다. 하나님이 우리에게 행하신 일의 증인으로 강단에 올라가 있는 온유를 보며 우리 모두는 기뻐하고 즐거워하면서 주님께 영광을 돌렸다.

사망의 음침한 계곡 속에서 마음을 찢고 부르짖던 나의 기도 제목에 일일이 응답해 주셨다.

부활주일에 두 발로 걸어 나온 온유가 교회에서 감사 예배를 하게 하셨고, 잃어버린 온유의 생일에 함께 아파하고 기도해 주신 많은 사람의 축하를 받게 하셨다.

약 넉 달의 혹독한 상황과 환경을 지휘하신 분은 바로 주님이시다. 그분은 역전의 명수이고 전능자이시다.

할렐루야, 할렐루야, 할렐루야!

에필로그

_아빠의 글

구약성경의 욥은 자신에게 불어닥친 혹독한 시련을 통과한 후 "나는 깨달지도 못한 일을 말하였고 스스로 알 수도 없고 헤아리기도 어려운 일을 말하였나이다"라는 회개의 고백을 했습니다.

제가 그리 살아왔습니다. 깨닫지도 못한 하나님의 뜻, 섭리, 계획을 제 마음대로 해석하고, 알기는커녕 헤아리지도 못하면서 "하나님이 내게 말씀하셨다"며 함부로 떠들고 다녔습니다.

그리 살아오다가 온유와 함께 깊고 깊은 사망의 음침한 계곡을 한 걸음 두 걸음 걸으면서 제가 어떤 사람이었는지 그 실상을 보았고, 왜곡된 제 신앙의 현주소를 발견했습니다. 죽음 앞에 서니 그제야 본래의 제 모습이 보인 것입니다.

사랑하는 딸의 혹독한 아픔을 지켜보면서 제게 주신 첫 번째 은혜는 이렇듯 참회와 회개였습니다. 두 번째 은혜는 우리를 자녀 삼으신 하나님 아버지의 마음을 아주 조금이나마 느낀 것입니다.

사망의 그늘에 있는 온유를 보며 어떻게든 살리려고 몸부림치는 아비의 심정을 느끼며 하나님 아버지의 마음을 알 수 있었습니다. 수시로 발작하는 온유를 진정시키려고 가슴으로 누르고 통곡하면서 하나님 아버지의 슬픔을 알 수 있었습니다. 40도를 넘나들던 고열을 진정시키려고 물수건으로 딸의 몸을 닦고 또 닦아 내며 밤을 새우면서 하나님 아버지의 마음이 이러했겠구나 ….

이렇듯 저를 뒤덮은 고난은 정직한 모습으로 하나님께 좀더 가까이 나아가게 만든 특별한 은혜였습니다. 그 특별한 은혜를 글을 통해 나누게 하셔서 감사할 따름입니다.

함께 아파하며 울어 주셨고 함께 기쁨을 나누며 웃어 주신 동역자들의 정직한 기도와 행동하는 사랑에 감사의 마음을 전합니다.

한 분 한 분의 이름을 올리며 고마움을 다 표현하고 싶습니다.

그리고 무엇보다 가장 가까운 자리에서 격려와 응원을 부어 주신 부모님, 장모님 등 가족들에게 고마움을 전합니다.

여러분들을 통해 배운 "긍휼은 긍휼을 맛본 사람만이 그 긍휼을 흘려보낸다"는 사실을 평생 제 삶에 적용하며 살아가겠습니다.

가슴 깊이 고마운 마음을 올립니다.

2015년 11월 17일

온유 아빠 장종택

재출간에 즈음하여

"온유야, 아빠야"라는 책이 발간된 지 5년이 되었습니다. 그 시간은 또 다른 간증의 내용들이 쌓이는 시간이었습니다.

온유가 사망의 골짜기에서 예수님을 부르며 깨어났을 때 면역력이 거의 없었고 퇴원한 이후 기력을 많이 회복했지만 지금까지 일반 아이들에 비해 30%의 면역력으로 지내왔습니다. 정기적으로 고대병원에서 진료를 받아왔으며 저희 가족은 온유의 건강에 신경을 많이 썼습니다.

그런데 작년 초부터 온유에게 심한 탈모가 진행되었습니다. 특히 샤워 후, 한 움큼씩 욕실 바닥에 흩뜨려져있는 머리카락을 볼 때마다, 윤기 났던 머리카락이 빠져 피부가 드러나는 것을 볼 때마다 마음이 아팠습니다. 고대병원에서 몇 개월 동안 듬성듬성 드러난 두피에 레이저 치료했으며 동시에 집중 검사를 받았습니다.

검사 결과, 이전 온유를 공격해서 죽음으로 몰았던 항체가 다시 살아났음을 알았고 탈모의 원인도 '루푸스'라는 희귀질환 때문이었음이 판명되었습니다. 즉시 온유는 희귀병자로 등록되었습니다.

저희는 주위 분들의 권유와 추천으로 류마티스 병원이 있는 한양대학병원에 진료의뢰를 했지만 '루푸스'같은 희귀질환자들이 워낙 많이 찾는 병원이라 저희는 적어도 2년은 기다려야한다는 연락을 받았습니다. 하지만 좌절하지 않고 기도했는데 신실한 응답이 왔습니다. 환자 한 분이 진료를 포기하면서 나이가 가장 적은 환자에게 기회가 주어지는 것이 저희에게 적용되어 4개월 만에 한양대학병원에서 진료와 치료를 받기 시작했습니다. 얼마나 감사했는지요!

지인 중 한 분이 온유 소식을 듣고 안타까워하며 이렇게 말씀하시더군요.

"목사님, 우리 하나님이 온유를 살리셨는데 어찌 다시 이런 일이 일어난 것인가요?"

이 질문은 "전능하고 완전하신 하나님이 온유를 극적으로 살리셨는데 어찌 다시 항체가 살아나느냐?"라는 의미이겠지요.

아내와 저의 삶속에 크게 자리하는 두 단어가 있습니다.

'트라우마'와 '믿음 즉, 하나님에 대한 신뢰'

트라우마는 과거 경험했던 사고나 폭행, 질병 등 자신이나 타인의 신체와 정신에 큰 충격을 준 사건으로 인해 다시 생각나서 불안을 겪는 증상을 말하는 것이지요. 그래서 교통사고를 당한 사람은 당시 충격이 생각나 두려워 운전도 못하게 된답니다.

저희는 다시 살아난 항체, 루푸스를 트라우마로 받아들이지 않기로 했습니다. 다시 아이를 공격하여 죽음으로 이르게 할까, 두려워하지 않기로 했습니다. 죽음 안에서 온유를 살리신 그 전능한 하나님을 맛 본 저희는 여전히 온유 안에서 일하시리라는 믿음을 선택했답니다.

살면서 치유함의 은혜를 입었다고해서 '평생 사고 없이, 병에 걸리지 않을 것이다'라는 편견은 우리의 생각이지요. 기적 체험 후에도 분명 사고나 질병에 걸릴 수 있습니다만 온유의 기적을 통해 하나님은 살아계시고 일하시고 계신다는 표적을 경험한 우리는 그 하나님을 신뢰함으로 감사하며 살아가는 것이 올바른 신앙임을 저희는 판단했답니다.

가나 혼인 잔치에서 물이 포도주로 변한 기적보다 더 중요했던 것은 바로 이 표적(sing and wonder)이 예수님이 하나님의 아들이라는 사실을 알려준 것처럼 말입니다.

온유의 면역력이 강해져서 어느날 루푸스의 사슬을 끊어버리는 그 날까지 기도하며 주님을 향한 신뢰가 더 깊어지도록 살아내겠습니다. 그리고 진료와 치료도 감사하며 잘 받겠습니다.

지금까지 정직한 중보기도와 후원해주시는 동역자 여러분에게 이 지면을 통해 깊은 감사의 마음을 전합니다. 부디 이 책이 하나님을 생생하게 체험할 수 있는 귀한 통로가 될 수 있도록 전도용으로도 많이 사용하여 주십니다.

사도 바울의 심장을 치는 말씀이 제 안에 각인되어 있습니다.

"우리는 우리를 전파하는 것이 아니라 오직 그리스도 예수의 주 되신 것과 또 예수를 위하여 우리가 너희의 종 된 것을 전파함이라"(고후 4:5)

간증을 전하는 저나, 예수라 부르며 죽음에서 깬 온유를 전파하여 유명해지는 것이 절대 아니라 오직 우리의 정직한 중보기도에 반응하여 일하셨던 예수님만 전파되는 이 책이 되길 소망합니다.

2021년 1월 15일

장종택 목사

온유야, 아빠야

초판 1쇄 발행 | 2021년 1월 27일
개정판 1쇄 인쇄 | 2023년 8월 25일
개정판 1쇄 발행 | 2023년 8월 30일

지은이 | 장종택
펴낸이 | 박대용
펴낸곳 | 도서출판 징검다리

등록 | 1998. 4. 3. No.10-1574
주소 | 경기도 파주시 산남로 85-8
전화 | 031)957-3890~1 **팩스** | 031)957-3889
이메일 | zinggum0215@daum.net

디자인 | 오브디자인 ovdesign.kr
캘리그라피 | 김세진
ISBN | 978-89-6146-176-4 (03810)